海外中国研究丛书

—— 到中国之外发现中国

声色

永明时代的宫廷文学与文化

Sound and Sight

Poetry and Courtier Culture in the Yongming Era (483–493)

[新加坡] 吴妙慧 著

朱梦雯 译

江苏人民出版社

图书在版编目(CIP)数据

声色：永明时代的宫廷文学与文化 / (新加坡) 吴
妙慧著；朱梦雯译. -- 南京：江苏人民出版社，
2022.9(2023.12 重印)
（海外中国研究丛书 / 刘东主编）
书名原文：Sound and Sight：Poetry and Courtier
Culture in the Yongming Era
ISBN 978 - 7 - 214 - 27498 - 4

Ⅰ. ①声… Ⅱ. ①吴… ②朱… Ⅲ. ①永明体-诗歌
研究-中国 Ⅳ. ①I207.22

中国版本图书馆 CIP 数据核字(2022)第 161927 号

Sound and Sight：Poetry and Courtier Culture in the Yongming Era (483 - 493) by
Meow Hui Goh，
published in English by Stanford University Press.
Copyright ⓒ published in English by Stanford University Press.
This translation is published by arrangement with Stanford University Press，www.
sup. org.
Simplified Chinese edition copyright ⓒ 2022 by Jiangsu People's Publishing House.
All rights reserved.
江苏省版权局著作权合同登记号：图字 10 - 2019 - 419 号

书　　　名	声色:永明时代的宫廷文学与文化	
著　　　者	[新加坡]吴妙慧	
译　　　者	朱梦雯	
责 任 编 辑	汤丹磊	
装 帧 设 计	陈　婕	
责 任 监 制	王　娟	
出 版 发 行	江苏人民出版社	
地　　　址	南京市湖南路 1 号 A 楼，邮编:210009	
照　　　排	江苏凤凰制版有限公司	
印　　　刷	南京新洲印刷有限公司	
开　　　本	652 毫米×960 毫米　1/16	
印　　　张	14.5　插页 4	
字　　　数	166 千字	
版　　　次	2022 年 9 月第 1 版	
印　　　次	2023 年 12 月第 2 次印刷	
标 准 书 号	ISBN 978 - 7 - 214 - 27498 - 4	
定　　　价	58.00 元	

（江苏人民出版社图书凡印装错误可向承印厂调换）

序"海外中国研究丛书"

　　中国曾经遗忘过世界,但世界却并未因此而遗忘中国。
令人嗟讶的是,20世纪60年代以后,就在中国越来越闭锁的
同时,世界各国的中国研究却得到了越来越富于成果的发展。
而到了中国门户重开的今天,这种发展就把国内学界逼到了
如此的窘境:我们不仅必须放眼海外去认识世界,还必须放眼
海外来重新认识中国;不仅必须向国内读者迻译海外的西学,
还必须向他们系统地介绍海外的中学。

　　这个系列不可避免地会加深我们150年以来一直怀有
的危机感和失落感,因为单是它的学术水准也足以提醒我
们,中国文明在现时代所面对的绝不再是某个粗蛮不文
的、很快就将被自己同化的、马背上的战胜者,而是一个高
度发展了的、必将对自己的根本价值取向大大触动的文
明。可正因为这样,借别人的眼光去获得自知之明,又正是
摆在我们面前的紧迫历史使命,因为只要不跳出自家的文
化圈子去透过强烈的反差反观自身,中华文明就找不到进

入其现代形态的入口。

当然,既是本着这样的目的,我们就不能只从各家学说中筛选那些我们可以或者乐于接受的东西,否则我们的"筛子"本身就可能使读者失去选择、挑剔和批判的广阔天地。我们的译介毕竟还只是初步的尝试,而我们所努力去做的,毕竟也只是和读者一起去反复思索这些奉献给大家的东西。

刘　东

致　谢

　　此书的中文版得以面世，有赖于朱梦雯博士多年来辛勤的翻译工作以及对此书的中文版不弃不舍的精神。朱博士独立地完成了整本书的中文翻译的初稿并多次自行修改。在翻译工作的后期，我审阅了朱博士的翻译全稿，并提供了大量的修改建议；这期间，我和朱博士之间来回商讨、不断修正，彼此间合作得非常积极而又愉快。作为原作者，我很感谢朱博士在此书的翻译和中文版的出版上所付出的努力。另外，我也对能与朱博士建立起友情与合作关系感到十分庆幸和欢悦。

　　江苏人民出版社的编辑康海源先生和汤丹磊女士对我们的翻译项目予以大力的支持，并自始至终以耐心、宽厚的态度提供各方面的引导。在此向二位表达我们的诚挚谢意。我们也很感谢江苏人民出版社提供出版上的各种帮助。另外，本书的英文版原由斯坦福大学出版社出版，中文版的出版得到了该社的许可，

1

在此深表感谢。

我将此书的中文版献给我的家人,感谢他们的支持与爱护,特别是在我的人生历程中,对我有生养之恩的父母。

吴妙慧

中译本序

> 新文学所要解脱的，并不是音韵，乃是死板板的音韵格式。

——唐钺（1891—1987）

上引后来成为心理学家的唐钺的一段话，郑毓瑜教授在其《姿与言：诗国革命新论》一书中予以援引，以说明二十世纪初期的新文学运动在传统中探索新变的复杂面向。[①] 此书论述精到、视野新颖，引导我们去切入除胡适以外，当时其他许多的文人学者，或是在书信、论文中所阐释的新观点，或是以编辑、出版杂志与书本所推动的新方向，以见出其中新、旧交织，传统与现代互动的脉络。唐钺在当时分别提出了"音韵的显著功用"与"音韵的隐微功用"的看法，认为新文学要关注的不是前者而是后者。前者是为了满足体制的规定，在押韵、调四声和节奏等方面加以规范

---

① 郑毓瑜：《姿与言：诗国革命新论》，台北：麦田出版有限公司，2017年，第156页。

化的结果，而后者则是摆脱了前者，透过声韵节奏来描摹事物、象征情态或暗示意义而产生的音、义相连的作用。虽然唐钺对音韵所作的论述，只是当时的诗歌改革运动中的一面，它却反映了任何的文学革命，都是建立在对语言和文字的思考和创新之上。另外，诚如《姿与言》一书所示，即使是在胡适"不摹仿古人"的口号下，文言古诗，包括有格律限制的律诗和绝句等，并没有退离中国的诗界，而是在不断地被借用、抗拒、融入和翻新中生生不息。

一次更早的发生在南朝永明年间(483—493)的诗歌改革，其规模和时代背景虽然迥异于新文学运动，但同样是针对音声、意象和情态这些诗歌语言的基本范畴而作出的思考和创新。不仅如此，在这次诗歌新变中萌生的"四声"概念，更是中国诗人首次有意识地探索汉语音节的本质、创新诗歌音声以及推动形声与表意之间的关系的重要标志。自永明四声律出现以后，汉语的诗歌语言更趋于"诗化"、更有节奏感和表征力。可以说，在永明诗人新颖、透彻的观照下，汉语诗歌语言发生了本质与永恒的蜕变。从"史"的角度来看，以上所述的新文学运动中对诗歌的音声与文字的反思和创造，显然有着深厚而源远的文化基础，而其中一个重要的源头则可追溯到永明时期的诗歌新变。当然，如果把新文学运动直接地联系到永明的诗体新变，不但忽略了个别历史时期的特殊环境，更有一味地将历史的复杂轨迹简单地以"发展论"或"连续论"来看待的嫌疑；但强调其中共同的聚焦点，即对诗歌语言本身的探讨，则是为了凸显永明诗体新变在文学史上的深远意义。可惜的是，倡导四声律的永明诗人，包括沈约、王融及谢朓等，一般仅被看作"音韵的显著功用"的先导者；在绝大多数的研究中，他们是"四声八病"这样一种"死板板的音韵格式"的先锋。在一般认为新文学运动是反对旧体诗——特别是旧体诗的格律——这种印象的笼罩下，永明声律论继续被视为抑制"声病"的一套条规。本书原以英文著述，2010 年由斯坦福大学出版社出版，当时虽没有援引唐钺的说法，立论点却是："音韵的隐微功用"其实才是探讨永明诗体的关键。基于这个视角，本书从永明声韵生发的齐梁宫廷文人文化说起，从而展演至永明诗人深具时代特色的听音、观物、涉足、猎景的方式，力图释放其诗歌语言中情、境、态之间的各种张力。

从原书出版至今，超过十年的这段时间里，针对永明诗人或永明诗律所作的研究持续不断，近几年更不仅有全面厘清史料的著作，还有试图解释"四声八病"的语言功效的论述。这"死板板的音韵格式"在以中文写作的研究中或许有了生机，开始被复原为一段活生生的历史、一场灵犀生动的诗歌变革。虽然迟来了十年，本书以新译的中文版问世，倒似乎是生逢其时。

吴妙慧

2021 年 5 月 24 日

写于哥伦布家中

目 录

绪论　声色

"声色"一词指五感所及的各种客体。然而长期以来,它却往往被赋予负面含义。如商代(约前1600—约前1045)的开国重臣仲虺在制诰宣扬商王的美德时,就把"不迩声色"列于其中。① 而西汉(前206—8)的学者、大臣匡衡在规劝成帝"戒声色"时,凸显的也是该词的负面含义。② 在这两例中,"声色"意味着感官之娱,它会误导,甚至威胁将个人乃至整个朝廷社稷引入歧途。由此观之,几部主要的汉语词典不约而同地将"淫声与女色"列为"声色"词条下的第一个义项③,也就不足为奇了。"淫声与女色"不过是"声色"诸多意涵中的两种,其他如旨味、浓香、美饰等在历史上都被视为具有潜在威胁的感官之娱,而在轶闻、史论和哲学

---

① 《尚书正义》,卷8,第196页,《十三经注疏》整理委员会整理,李学勤主编:《十三经注疏》,北京:北京大学出版社,1999年。
② 班固:《汉书》,卷81,北京:中华书局,1995年,第3342页。
③ 如《汉语大词典》和《中文大辞典》。

论著中被严厉地引以为戒。①即使是作为道德教化之用时，"声色"也往往受到贬抑，如《礼记》引孔子（前551—前479）之言曰：

> 声色之于以化民，末也。《诗》曰："德辎如毛。"毛犹
> 有伦。"上天之载，无声无臭。"至矣。②

在这段话里，"声色"只是表象，是眼可观、耳可听、手可触、鼻可嗅、舌可尝的表面形态。从孔子的角度来看，理想的道德教化是"无声无臭"的，即一种泯灭了声色的状态。中国古代文本传统体现出的这种提防、趋避，甚至要彻底绝除"声色"的迫切需求，是道德的需要，并往往被加以诠释和阐发，以指导政治统治。

基于上述讨论，当诗歌被看作"声色"的表现时，又应作何理解呢？本书使用"声色"一词，是借自清代诗人、批评家沈德潜（1673—1769）之语。沈氏曾用"声色"评价晋宋之际的诗风转变，曰："诗至于宋，性情渐隐，声色大开，诗运一转关也。"③这里所言之宋（420—479），与紧随其后的齐（479—502）、梁（502—557）、陈（557—589）三代合称为"南朝"。本书探讨的诗人群体正活跃于这段文采风流的时代，而且他们被后世视为南朝诗坛"声色"之风的"始作俑者"。通观沈德潜的《说诗晬语》，可以看到他本人尤为

---

① 从《左传》和《国语》等相关文献的记载可以看出，中国早期史著的一个重要观点是：感官之娱必须导之以礼，而"非礼"的感官之娱则会引发政治、道德以及文化上的恶果。见 David Schaberg, *A Patterned Past: Form and Thought in Early Chinese Historiography* (Cambridge, MA: Harvard University Asia Center, 2001), 223 - 234.

② 《礼记正义》，卷53，第1466页，《十三经注疏》版。此处所引的两句分别出自《诗经·大雅·烝民》和《诗经·大雅·文王》。

③ 沈德潜：《说诗晬语》，第4b页，收入《四部备要》，第100册，北京：中华书局，1920—1936年。

推崇"性情"这一诗学特质,因此当他将"声色"与"性情"相对而论时,显然并无褒扬"声色"之意。①沈氏用"声色"一词,指南朝诗歌呈现出的多样的风格特征,包括谢灵运(385—433)的神工山水、鲍照(约 414—466)的奇俊意象和颜延之(384—456)的雕镂文辞等。②最终,他是为了强调:南朝诗人关注的重心转向了诗歌表面和外在的形式,这导致他们的创作"隐"去了发之于内的真性情。

沈德潜对南朝诗坛"声色"之风的不满更明显地体现在他对陶渊明(陶潜,365—427)和谢灵运的比较论述中。以平静自然诗风名世的陶渊明,是唯一得到沈德潜明确赞誉的南朝诗人:

> 陶诗合下自然,不可及处,在真在厚。谢诗经营而反于自然,不可及处,在新在俊。陶诗胜人在不排,谢诗胜人正在排。③

如果我们留心沈德潜的语气,会发现他所论述的陶、谢二人的诗歌之别,并不单纯指其冲和简净与繁富营造的文体风格之别,而是具有道德和哲学层面的批评。他的评语将"真""厚""自然"联结,形成与"排""经营""反于自然"相对比的范畴。他继续评价南朝诗歌曰:

> 齐人寥寥……萧梁之代,君臣赠答,亦工艳情,风格

---

① 见蔡钟翔等:《中国文学理论史》,第 4 册,北京:北京出版社,1991 年,第 452—454 页。
② 译者案:见于沈德潜《说诗晬语》,"康乐神工默运,明远廉俊无前,允称二妙。延年声价虽高,雕镂太过,不无沉闷。"
③ 沈德潜:《说诗晬语》,第 4b 页。

日卑矣……梁、陈、隋间，专尚琢句。①

如同一个史家纵论王朝之覆灭，抑或一个哲人反思社会道德之沦丧，沈德潜笔下南朝诗歌的发展轨迹呈现出致命的颓败之势。他曾发出警语曰："言志章教，惟资涂泽，先失诗人之旨。"②一旦放任"声色"，便开启了一条下坡路；南朝诗歌一旦踏上"声色"之途，便迷失了方向。

沈德潜这种寓文学批评于道德评判和政治阐发的做法其实并不罕见。早于沈氏一千多年的魏太子曹丕（187—226）就已经提出"文章经国之大业"的说法。③曹丕此论被现代学者普遍视为文学自觉的重要标志，但同等重要的是其明确表达了文学在政治教化方面的重大功能。沈德潜的评价延续着这个角度，凸显了后期论者对文学的政教意涵的重视。在一般的评论中，南朝充其量不过是"偏安一隅"的时代；更有甚者，认为南朝"得国不正"而导致了其政治上的失败和军事上的羸弱。④持续了一百五十多年的南朝历经四个政权的更迭，四朝皆定都于长江下游、三角洲以南的建康（今南京）；与此同时，通过先后统合十余个割据政权而立国的北朝则占据了北方的广大区域，与南朝形成对峙之势。直到589年，杨坚（后来的隋文帝；541—604）在统一北方之后南下灭陈，才为这段南北分裂的时代画上了句号。后人往往用南北朝政治上的衰败影射当时的文化与文学；或者更确切地说，他们试图

---

① 沈德潜：《说诗晬语》，第 5a 页。
② 同上，第 4b 页。
③ 曹丕：《典论·论文》，收入萧统编：《文选》，卷 52，上海：上海古籍出版社，1997 年，第 2270—2272 页。
④ 见赵尔巽等：《清史稿》，卷 84，香港：香港文学研究社，1960 年，第 2528 页。

以当时文化和文学的"萎靡"来解释政治的衰败。如唐代大臣郑覃(842 年卒)就毫不讳言:"南北朝所以不治,文采胜质厚也。"①在他看来,源自文学的"声色"直接导致了整个时代的灭亡。这样的历史想象,不唯古代论者有之,现当代亦然。如现代文学的巨匠鲁迅(1881—1936)曾论及汉代及汉以前的作家,认为创作辞赋这种冗长而华丽文体的赋家,不过是"位在声色狗马之间的玩物"②。甚至直到当下,在关于南朝诗歌的研究中,依然有论者继续针对南朝诗人"狭隘""物质化"的生活方式进行批判,认为这是南朝诗歌追求形式主义的根源。③

毫无疑问,本书所探讨的主要诗人都饱受带有浓厚政教色彩的文学传统的濡染,这一点令下面的问题更值得思考:"声色"对这些诗人而言意味着什么? 他们又是如何掀起并引领诗坛上的这股"声色"之风的? 我认为,将他们的诗歌仅仅看作表面的形式,或者简单地以"狭隘""物质化"等语词来形容他们充溢着"声色"的诗歌环境,都是一种误解。本书将这些诗人的诗歌创作置于当时的宫廷文化语境中,以彰显他们作为宫廷诗人的身份特征。从这一视角出发,书里的各个章节既同系"声色",又面向各异,以此勾勒出丰富、立体的宫廷诗人形象。本书旨在提出,这些诗人对"声色"的追求,强调的是对现象世界的细致观察与捕捉,反映了当时特有的一种复合型的个人价值观;而且这种价值观在中国文化史与文学史上,具有超越了传统观念的重要意义。由此观之,对"声色"的讨

---

① 欧阳修、宋祁:《新唐书》,卷 165,北京:中华书局,1975 年,第 5067 页。
② 鲁迅:《诗歌之敌》,收入其《鲁迅全集·集外集拾遗》,北京:人民文学出版社,1961年,第 345 页。
③ 在目前常被引用的学术著作中,认为南朝的文人文化和文学"颓废"的观点普遍存在,如王瑶:《中古文学史论》,北京:北京大学出版社,1998 年,第 286 页。

论其实可以从其字面含义入手:所谓"声色",直指现象世界里如何看、如何听的问题。循着这一中古宫廷诗人群体独特的视听线索,本书将揭示他们如何开启了一场崭新而影响深远的诗学潮流。

这群诗人主要活跃于齐武帝(萧赜,483—493 年在位)永明年间(483—493),故史称"永明诗人"。本书第一章将从以下两个方面勾勒出影响他们诗学的历史语境:一是当时社会政治环境的变迁;二是佛教在宫廷日渐增长的影响力。二者的相互融合,滋生出一种新的复合型个人价值观,并愈加深入诗歌领域。

第二章将"声"作为讨论的核心。永明诗人以其运用四声概念创制新的诗歌声律而闻名后世。在此,我将着重考察他们如何在宫廷的社交环境中探求、展示和接受这种诗歌之"声"的表现形式,以说明声律创新对他们而言究竟意义何在。从这个角度,我们将会看到他们如何创造出一种新的文化精英概念。

第三章集中探讨咏物诗这一经永明诗人大量创作而流行起来的诗歌题材。前此的研究往往将咏物诗看作皇子宫廷集会或陪侍皇帝宴乐等社交场合的一种应制之作。我在本章将展现这些诗歌蕴含着对"观物"的特殊兴趣;值得注意的是,诗中描摹之物,如一场细雨或一株被遗忘的植物等,往往都是难以捕捉或易于忽视的现象和事物。美国学者陈美丽(Cynthia L. Chennault)指出,咏物诗是南朝宫廷文人向其君主及同僚展示才华并体现"个人价值"的一种途径。① 以此观点为基础,我将进一步探讨在永明诗人凭借诗歌"竞美于王侯"的过程中,新的观物方式如何扮

---

① Cynthia L. Chennault, "Odes on Objects and Patronage during the Southern Qi," in Paul W. Kroll and David R. Knechtges, eds., *Studies in Early Medieval Chinese Literature and Cultural History: In Honor of Richard B. Mather and Donald Holzman* (Provo, UT: T'ang Studies Society, 2003), 398.

演了至关重要的角色。

第四章转而关注永明诗人对空间的表现。他们对"园"的书写比前代更加突出。南朝诗文中的"园",趋于被描绘成一个可以"归"或"还"的个人空间,标志着个人从官场隐退及其内心向"真性情"回归。在这样的语境里,永明诗人笔下的"园"反映了一种独特的空间经验:原本的荒郊野岭变成人为经营的"自然",又进而转化为佛教之空境。于这样一种流变的空间中,永明诗人既有着明哲保身的现实考量,又融入了极貌写物的美学追求与明心见性的佛修精进。

第五章考察永明诗人对受命离京经历的书写。这类行旅诗以"动态"表现为中心,往往着意描摹诗人驾着马车或乘着舟船离开京邑、远羁异乡的情境与心境。永明诗人根深蒂固的宫廷文人身份,导致"故乡"(或"乡")与"京邑"二者在他们的书写中常被合而为一,这种融合有时天衣无缝,有时却又显得拗格不融。尤其当他们的就任之地突然间比离去的京邑更能引发"故乡"之感时,诗人的心理处境则变得更加错综微妙。

第六章则跟随诗人出入于山水自然。与通行的理解相反,永明诗人的宫廷身份并没有将他们的视野限制在宫廷内部的奇珍异宝、精雕美饰以及其他的人为陈设上。他们作品中数量庞大的山水诗便是明证。继南朝山水诗第一大家谢灵运之后,永明诗人的山水诗创作为我们理解齐梁时期山水表现之新变提供了绝佳的视角。作为宫廷文人,当他们进入与官场相对立的山水自然时,"山水"对他们而言,是否可"得"? 若可"得",又如何"得"之呢?

本书沿着两条线索展开,一方面关注永明诗人作品中一系列的"声色"表现,包括声音、视觉、空间和动态;另一方面则观察他们或得意于官场,或竞美于王侯,或暂退于私园,或受命而离京,或出入于山水的情态际遇。通过叠合这两条线索,本书将对"声色"作出全新的阐释。与此同时,本书革新了过去对永明诗人及其宫廷文化的论述,并从根本上反思了仅以语义理解中国古典诗歌的普遍阅读模式。

第一章 人才与贤者

引 言

沈约(441—513)、王融(467—493)和谢朓(464—499)被统称为"永明诗人",这一称谓本于"永明体",乃其所创制的以新的声律形式为特色的诗体。当然,这三位宫廷诗人并非仅仅生活在永明年间。他们之中,王融恰巧卒于永明末年,但谢朓和沈约都活到了永明以后;尤其是沈约,他在永明时代开启时已年届不惑,更在永明之后继续活跃了二十余年。长寿的沈约,以七十二岁之高龄见证了宋、齐、梁三代更迭,与同时代宫廷文人平均不到四旬的寿命相比,实在是非同寻常。[①] 更重要的是,这些宫廷诗人及其创作的影响力远远超越了一朝一代。美国汉学家马瑞志(Richard B. Mather)以"永明"的字面意义——"eternal brilliance"(意即"永世辉煌")作为其译介三位诗人的两卷本著作的书名,正暗示了他们的深远影响。[②]

所谓"辉煌",究竟何指呢? 在中国文学史的书写里,三位诗

---

① Richard B. Mather, *The Poet Shen Yüeh*(441–513):*The Reticent Marquis* (Princeton, NJ: Princeton University Press, 1988), 14.

② Richard B. Mather, *The Age of Eternal Brilliance*:*Three Lyric Poets of the Yung-ming Era*(483–493)(Leiden: Brill, 2003).

人作为一个群体,主要被认定为永明新声律的开创者;这成了他们在文学史上的定位。他们开创新声律的成就无疑是杰出的,因为永明体不仅标志着中国声律理论的开端,而且代表着富于创造力、勇于新变的诗学精神的端倪。尽管如此,历代文论对永明体却颇有微词,如《梁书》曰:"齐永明中,文士王融、谢朓、沈约文章始用四声,以为新变,至是转拘声韵,弥尚丽靡,复逾于往时。"①继永明体之后约半个世纪而兴起的"宫体",在后世也受到了贬义的评价,被看成是一种对宫廷女性作形态描摹的艳情诗。论者对永明体"尚丽靡"的批评,则因其与宫体的联系而变得更加剧烈。如天才诗人李白(701—762)曾道:"梁、陈以来,艳薄斯极。沈休文又尚以声律,将复古道,非我而谁欤?"②显然,在太白看来,要复兴"古道",重振文章伦理,则必须抵制"艳薄""声律"这类反映在南朝诗歌里的弊端。

其实,这里至关重要的问题,并非永明体的内容是什么,而是永明体关系着什么。对此,本书将在第二章作出全面的探讨,在此我们只需强调:永明体关系着对"声音"的认知。永明诗人创造出以声律为标志的新诗体,其背后隐含着对区辨音声、精炼听觉的执着探寻。当我们认清这一点,就能从一个全新的视角来考察永明体与宫体之间的关系。田晓菲在 *Beacon Fire and Shooting Star*:*The Literary Culture of the Liang*(502—557)(中译本:《烽火与流星:萧梁王朝的文学与文化》)一书中提出,长期以来被

---

① 姚思廉:《梁书》,卷49,北京:中华书局,1997年,第690页。许多后世学者,包括现代学者对永明体的评价,都可以追溯到《梁书》中的这段评论。如网祐次(Ami Yūji)即认为永明体是过度崇尚丽靡诗风的开端。见網祐次:《中國中世文學研究:南齊永明時代を中心として》,東京:新樹社,1960年,第390—391页。
② 李昉等编:《太平广记》,卷201,北京:中华书局,1995年,第1511页。

误解为表现"女性和艳情"的宫体，其实具有高度的视觉性，是一种反映新的"观看"方式的诗歌。① 结合田著与本书的观点，我们可以说永明体与宫体共同反映了齐梁诗人对感官认知的普遍重视。必须指出的是，二体之间，并非一者关乎"声"，一者关乎"色"，而是展现了对"声"与"色"的共同追求。永明诗人不仅对"听"，而且对"视"，都追求清晰精准的效果。他们一度主导齐梁诗坛，标志着当时的宫廷文化转向"听声"与"视物"的新自觉。永明诗人对后世的影响，不仅显著体现在同样注重声律的宫体诗上②，更迄于后来的近体诗。从齐梁至于唐代，"声色"绵延为诗学的核心问题，不断触发新的探索，演化新的意象与声式；而声律严谨的律诗绝句则继唐代的盛行之后，更泽被后世，其余韵一直延续到了二十世纪初。③

在进入永明诗人的声色世界前，我将首先考察其所处的宫廷文化语境，尤其关注当时兴起的一种多元性的个体价值观。通过这种观察，我们会了解到，永明诗人的"声色"追求其实带有完善个人才华与价值的独特意涵。

人　才

与永明诗人同时代的文论家锺嵘（468—518）在评价当时文

---

① Xiaofei Tian, *Beacon Fire and Shooting Star：The Literary Culture of the Liang （502-557）*（Cambridge，MA：Harvard University Asia Center，2007），211-259. 中译本见田晓菲：《烽火与流星：萧梁王朝的文学与文化》，北京：中华书局，2010 年，第 156—193 页。

② 关于宫体诗的声律形式，见归青：《南朝宫体诗研究》，上海：上海古籍出版社，2006年，第 203—218 页。

③ "律诗"的得名，可以追溯到沈佺期（约 656—713）和宋之问（712 年卒）。见刘昫等：《旧唐书》，卷 190，北京：中华书局，1975 年，第 5056 页。

坛声律创新的潮流时，举出沈约、王融、谢朓三人，称："三贤咸贵公子孙，幼有文辨。"①如此将沈约等三人同视为一个上层群体，显示出"文辨"在当时转型期的社会政治结构里，愈加受到重视，并有凝聚背景各异的活跃分子的力量。

钟嵘称沈约为"贵公子孙"，未免言过其实。吴兴（今属浙江）沈氏，本是以武功起家的南方本土士族，其族人中大有不通文墨者，而沈约则是其家族里第一个跻身高位的佼佼者。② 在家族背景上，王融和谢朓与沈约不同：前者是琅邪（今属山东）王氏的后裔，其显赫的家族史里，记载着协助西晋（265—316）王室南渡，并辅佐东晋（317—420）立国的勋业；而后者则来自享负盛名的陈留（今属河南）谢氏，其辉煌的族谱中，名臣与文豪比比皆是。③ 在短短一个多世纪前，东晋的司马氏政权还在很大程度上依靠着门阀士族之特权来维持其统治。当时，北方侨姓中以王、谢为代表的世家大族（从王融和谢朓上推五六代），在朝中身居显位，手握

---

① 钟嵘著，曹旭集注：《诗品集注》，上海：上海古籍出版社，1996 年，第 340 页。

② 在吴兴沈氏一族中，宋将沈庆之（386—457）就是不通文墨的典型，相传其"手不知书，眼不识字"，见沈约：《宋书》，卷 77，北京：中华书局，2000 年，第 2003 页。关于沈约的家世背景，参见 Mather, *The Poet Shen Yüeh*, 7 - 14；林家骊：《沈约研究》，杭州：杭州大学出版社，1999 年，第 1—30 页。"沈约传"见姚思廉：《梁书》，卷 13，第 232—243 页；李延寿：《南史》，卷 57，北京：中华书局，1997 年，第 1403—1414 页。译者案：依通行说法，沈庆之的生卒年为 386—465 年。

③ 东晋初，流传着"王与马，共天下"的说法，见李延寿：《南史》，卷 21，第 583 页。相关的研究，参见田余庆：《释"王与马共天下"》，收入其《东晋门阀政治》，北京：北京大学出版社，2000 年，第 1—38 页。"王融传"见萧子显：《南齐书》，卷 47，北京：中华书局，1997 年，第 817 页；李延寿：《南史》，卷 21，第 575—578 页。关于谢氏一族的文学传承，参见程章灿：《世族与六朝文学》，哈尔滨：黑龙江教育出版社，1998 年，第 51—88 页；丁福林：《东晋南朝的谢氏文学集团》，哈尔滨：黑龙江教育出版社，1998 年。关于谢氏在东晋的政治崛起，参见田余庆：《东晋门阀政治》，第 199—231 页。"谢朓传"见萧子显：《南齐书》，卷 47，第 825—828 页；李延寿：《南史》，卷 19，第 532—535 页。

重权。① 而南方的本土士族则在地位上低于北人，并在官场上受到排挤。② 直到南人刘裕(后来的宋武帝，于 420—422 年在位)以卑微的下层军官身份发迹，一路攀升而最终截断了司马氏的统治，建立了刘宋政权后，北方侨姓大族对社会政治权力的垄断才动摇了。③ 由此产生的新的宫廷环境，呈现出南方本土士族、北方侨人士族与军武强人共居一朝，既彼此合作又互相竞争的新局面。④ 沈约以南方士族起家，终至显达，位高权重，并被时人尊为"当世辞宗"，即是其所处时代政治环境的缩影。反之，王融的祖父王僧达(423—458)，自负于"贵公子"身份，公然不敬刘宋皇族而获罪被诛；谢朓则逾越门限而迎娶不通文墨的武将王敬则(435—498)之女，亦从不同的侧面反映了南朝宫廷内外社会政治结构的转型。⑤

　　东晋以来经整个南朝，选官制度的变迁与社会政治结构的转型密切相关，学界就此已有详细的研究。这里，我要着重探讨的是沈约在此背景下所提出的"人才论"。在其著《宋书·恩幸传》的传前序论中，他写道⑥：

---

① 关于东晋至南朝宋初的政治权力结构，以及王、谢等北方侨姓大族之间的关系，参见田余庆：《东晋门阀政治》。关于南朝由宋至陈的社会阶层与政治权力结构概况，参见唐长孺：《魏晋南北朝隋唐史三论》，武汉：武汉大学出版社，1996 年，第 159—164 页；王仲荦：《魏晋南北朝史》，上海：上海人民出版社，1998 年，第 131—132 页。

② 南方本土士族中的军武之族，其社会地位更低，因为在当时，军中武将往往被视为"粗鄙之人"而受到歧视。参见田余庆：《东晋门阀政治》，第 339 页。林家骊指出，在吴兴沈氏由"武功之家"向"文化精英之族"转变的过程中，沈约起到了关键性的作用，见其《沈约研究》，第 15—16 页。

③ 田余庆认为，刘裕的崛起标志着一种新的社会政治格局，他称刘裕为北方侨民大族主导的旧政治体系的掘墓人。参见其《东晋门阀政治》，第 292—329 页。

④ 参见陈寅恪：《魏晋南北朝史讲演录》，合肥：黄山书社，1999 年，第 215—225 页。

⑤ 李延寿：《南史》，卷 21，第 573—575 页；萧子显：《南齐书》，卷 47，第 827 页。

⑥ 沈约：《宋书》，卷 94，第 2301—2302 页。

> 夫君子小人,类物之通称。蹈道则为君子,违之则
> 为小人。屠钓,卑事也,版筑,贱役也,太公起为周师,傅
> 说去为殷相。① 非论公侯之世,鼎食之资,明扬幽仄,唯
> 才是与。逮于二汉,兹道未革,胡广累世农夫,伯始致位
> 公相;黄宪牛医之子,叔度名重京师。②

沈约的视角充满对远古前代唯才是用、不论出身的理想想象。在他看来,"周汉之道"即"以智役愚"之道。③ 在第五章中,我将进一步探讨沈约对往世的理想化重塑。他认为,魏晋以来选官制度狭窄僵化的根源,在于单凭"世族高卑"来任命官员:

> 汉末丧乱,魏武始基,军中仓卒,权立九品,盖以论
> 人才优劣,非为世族高卑。因此相沿,遂为成法。自魏
> 至晋,莫之能改,州都郡正,以才品人,而举世人才,升降
> 盖寡。徒以冯藉世资,用相陵驾,都正俗士,斟酌时宜,
> 品目少多,随事俯仰,刘毅所云"下品无高门,上品无贱
> 族"者也。④ 岁月迁讹,斯风渐笃,凡厥衣冠,莫非二品,
> 自此以还,遂成卑庶。⑤

---

① 太公即吕尚,又名姜尚。相传他初时家贫,与周文王和周武王相遇时,正在渭水边钓鱼。后来他因辅佐文王、武王灭商而名重天下,被尊为"尚父"。相传商代人傅说本是泥瓦匠,后被人发现其才能,并被任命为辅政重臣。
② 胡广的先祖在王莽(9—23年在位)篡位后,曾一度隐居,后来胡广被举为孝廉,并最终成为太傅。同样,"牛医"之子黄宪,也是先被举为孝廉,虽然他最终没有居官显赫,但出众的才能为其赢得了权贵的青睐,使他得以"名重京师"。
③ 沈约:《宋书》,卷94,第2301—2302页。
④ 此处,沈约大概是指刘毅上疏晋武帝,论废除"九品中正制"一事。见房玄龄等:《晋书》,卷45,北京:中华书局,1974年,第1273—1277页。
⑤ 沈约:《宋书》,卷94,第2301—2302页。

诚然,沈约的主张在当时堪称激进,但他并没有明确地反对"以贵役贱"①。同时参照沈约的其他言论,我们会发现,他的立场其实颇为微妙:一方面,他承认维持"士""庶"之别的现实需要②;另一方面,他又屡屡主张为士族成员实行更加开放的任用机制,意在强调以才取士的观念。就后一点而言,沈约主张的关键在于:"人才"之高下比门第之尊卑更为重要。梁武帝(萧衍,于502—549年在位)即位后,一些旨在使选官体系更具包容性与人才导向性的措施得以实施,沈约于二十年前所作传序中提出的"人才论"也由此获得了进一步的实践。③ 值得追问的是,个人才能又当如何衡量呢?

在很大程度上,南朝对"才"的衡量已经转向了"文才"。这一变化,首先由《梁书》的撰者、陈代的吏部尚书姚察(533—606)提出:"观夫二汉求贤,率先经术;近世取人,多由文史。"④此论见于《梁书》的"江淹任昉传",意在解释江、任二人无显赫之家门关系却能官居高位、闻名当世的原因。在姚察看来,二人的成就归功于其为文皆"辞藻壮丽,允值其时"⑤。姚察此说亦可证于当时其他的发展趋势。如南朝初期,在国子学尚未完全恢复时,"文学"

---

① 沈约:《宋书》,卷94,第2302页。
② 沈约在一篇奏疏中,提出建立严格的户籍制度以强化士庶之别的主张。见杜佑:《通典》,卷3,北京:中华书局,1988年,第59—61页;严可均辑:《全梁文》,卷27,收入其《全上古三代秦汉三国六朝文》,北京:中华书局,1958年,第3110页。另参见 Tian, *Beacon Fire and Shooting Star*, 35 - 38;Mather, *The Poet Shen Yüeh*, 159 - 160。
③ 在颁布于509年的一道诏书中,梁武帝宣布寒门子弟应"随才试吏",见姚思廉:《梁书》,卷2,第49页。关于梁武帝对选官制度作出的改革,参见 Tian, *Beacon Fire and Shooting Star*, 39 - 52。其中对"寒门"与"寒人"的区分和阐释尤其具有启发性。
④ 姚思廉:《梁书》,卷14,第258页。
⑤ 同上。

一科就已建立。① 罗新本等人的研究也观察到,这一时期的察举体制亦看重候选者的文才。② 除政治体制和选官程序外,南朝炽烈的文风也是"文才"观念的佐证:当时的士人群体往往热衷于文章著述、诗赋创作,并共同选篇定籍、品评古今,其文本生产的规模远远超越了前代。③

因此,更确切地说,这个时代推崇的是基于文学成就的个人才华,而三位"幼有文辨"的永明诗人,便充分体现出这样一种人才观念。"文辨"这一宽泛而模糊的范畴,无疑可以包括上述各种文学活动。然而,对永明诗人而言,"文辨"与他们作为宫廷文人的身份是分不开的。身为宫廷文人,他们首先要面对并依附的是帝王和皇子这些君主。从沈约、王融和谢朓各自的史传记载中,可以看到,他们无不凭借出众的文学才华而受宠于主上:

---

① 438年,以好尚"艺文"而著称的宋文帝(刘义隆,424—453年在位)立"文学"一科,并同时建立了"儒学""玄学"和"史学"。470年,宋明帝(刘彧,465—472年在位)则进一步设立了专门的机构总管四学。见李延寿:《南史》,卷75,第1868页;沈约:《宋书》,卷93,第2394页;司马光撰,胡三省注:《资治通鉴》,卷132,北京:古籍出版社,1956年,第4152页。正如康达维(David R. Knechtges)所言,我们今天已经很难考证刘宋教育体系中的"文学"究竟包括什么内容,但可以肯定的是,刘宋"文学"科的设立体现了当时逐渐形成关于"文学",以及广义之"文"的更加具体的概念。见 Knechtges, "Culling the Weeds and Selecting Prime Blossoms: The Anthology in Early Medieval China," in Scott Pearce et al., eds., *Culture and Power in the Reconstitution of the Chinese Realm*, *200 – 600* (Cambridge, MA: Harvard University Asia Center, 2001),216。

② 罗新本:《两晋南朝的秀才、孝廉察举》,《历史研究》,1987年第3卷,第123页。丁爱博(Albert E. Dien)提出,《文选》中专设"策文"一体,显示出此期对察举试题文学价值的关注。见 Dien, "Civil Service Examinations: Evidence from the Northwest," 105。在对王融一篇策文所作的研究中,藤井守(Fujii Mamoru)也指出,在察举体制暴露出问题后,策文被看作一种文学体裁。见藤井守:《王融の「策秀才文」について》,《小尾博士退休記念:中國文學論集》,東京:第一学習社,1976年,第291—292页。

③ 见 Tian, *Beacon Fire and Shooting Star*, 77 - 110, 150 - 160。

（约）齐初为征虏记室，带襄阳令，所奉之王，齐文惠太子也。太子入居东宫，为步兵校尉，管书记，直永寿省，校四部图书。时东宫多士，约特被亲遇，每直入见，影斜方出。①

融文辞辩捷，尤善仓卒属缀，有所造作，援笔可待。子良特相友好，情分殊常。②

子隆在荆州，好辞赋，数集僚友，朓以文才，尤被赏爱，流连晤对，不舍日夕。③

引文中的三位王侯，依次是齐武帝的长子、次子和第八子。在萧齐王朝中，他们尤以赏爱文士而著称，特别是竟陵王萧子良，无论是其麾下所聚集的文学侍臣的数量，还是他召集的文学活动和文本生产的范围和规模，都为南朝皇族子弟之翘楚。他的文学沙龙为沈、王、谢三位永明诗人和当时的许多其他宫廷文人提供了聚会之所：

竟陵王子良开西邸，招文学，帝与沈约、谢朓、王融、萧琛、范云、任昉、陆倕等并游焉，号曰"八友"。④

---

① 姚思廉：《梁书》，卷13，第233页。
② 萧子显：《南齐书》，卷47，第823页。
③ 同上，卷47，第825页。
④ 李延寿：《南史》，卷6，第168页。关于"竟陵八友"，参见網祐次：《中國中世文學研究》，第57—116页；刘跃进：《门阀士族与永明文学》，北京：生活·读书·新知三联书店，1996年，第27—70页。

虽然"竟陵八友"在西邸文学集团中最负盛名,但实际上当时出入于竟陵王西邸的文人和文臣有六十余人之多。[1] 由此可见,宫廷文人虽然需要以取悦君主及其所侍奉的皇子为务,永明诗人及其同时代的宫廷文人则面临着更复杂多变也更具活力的宫廷环境。这就意味着他们显然有更多面的考量,除了侍奉君主,还需彼此竞争,甚至要比照他人的成就进行自我评估。他们作品的读者往往不限于其君主,还广泛地包括其他宫廷文人。关于当时文人间的竞争,有许多著名的轶事,比如下面两则:

> 时琅邪王融有才俊,自谓无对当时,见昉之文,恍然自失。[2]

> (任昉)既以文才见知,时人云"任笔沈诗"。昉闻甚以为病。晚节转好著诗,欲以倾沈,用事过多,属辞不得流便,自尔都下士子慕之,转为穿凿,于是有才尽之谈矣。[3]

王融的若有所失、任昉的不甘落后,都说明宫廷文人无以自持,总在彼此优劣高下的隐忧中往返徘徊的复杂心理。任昉的故事更不寻常,说明正确地应对同侪评价的重要性;否则,若一意孤行,反落得"才尽"之讥。从前引关于"竟陵八友"的材料中,我们注意到,"八友"之一的萧衍,后来登上了皇位。从 493 年齐文惠太子卒后,直到萧衍建梁称帝的这段时间内,竟陵王萧子良、随王萧子

---

[1] 林家骊:《沈约研究》,第 400—435 页。
[2] 李延寿:《南史》,卷 59,第 1452 页。
[3] 同上,第 1455 页。

隆,以及王融、谢朓都在政治纷争中过早地丢掉了性命。与此形成鲜明对比的是沈约,身处于错综复杂、危机四伏的宫廷权力争斗中,他却凭借成熟过人的政治智慧,不仅保全了自身,而且参与草诏,辅助梁武帝萧衍晋位大统,并在此后的十余年内,继续活跃于梁代的政坛和文坛。① 由此可见,在多变的政治权力结构中,文人之间不仅是竞争者,也是合作者。本书随后章节里将要探讨的许多诗歌都体现出永明宫廷文人不仅以君主,而且将同侪作为其作品之默认读者的现象。

"文辨"在南北朝的对立形势中还具有某种超越性的价值。② 在军事实力方面,南朝根本无力与北朝抗衡。以北魏(386—534)而言,其政权不仅在寿命上长于任何南朝政权的两倍以上,而且在与南方的军事作战中也屡屡获胜。③ 虽然南朝宫廷并不承认北朝之正统,但他们也不得不承认自身的弱势,并谨慎小心地处理与北朝的关系。南北政权之间的外交往来贯穿于整个南北朝时代,在当时的形势下,富有"文辨"的宫廷文人成为南朝对北外交中的"颜面"。这里,一则关于王融的轶事尤为典型:

---

① 姚思廉:《梁书》,卷 13,第 233—235 页。马瑞志在 *The Poet Shen Yüeh* 一书中,详述了沈约、范云辅佐萧衍即位的史事。见 Mather, *The Poet Shen Yüeh*,126 - 129。

② 儒家"三不朽"指"立德,立功,立言",见《春秋左传正义》,卷 35,第 1003 页,《十三经注疏》版。其中的"立言"又进一步与文学成就相结合,如曹丕称文章为"不朽之盛事",见曹丕:《典论·论文》,收入萧统编:《文选》,卷 52,第 2270—2272 页。

③ 刘裕(后来的宋武帝)领导了历史上南朝对北朝最成功的几次军事征伐。他曾一度将东晋的边境向北推至关中(今陕西中部)和黄淮流域一带。到了刘宋末期,在经历了对北魏作战的屡次失败后,南朝政权不得不向南退守,其北部边境甚至一度退至淮河以南。萧齐一代则基本没有主动的对北战事。参见陈寅恪:《魏晋南北朝史讲演录》,第 226—239 页。

> 上以融才辩，十一年，使兼主客，接房使房景高、宋
> 弁。弁见融年少，问主客年几？融曰："五十之年，久逾
> 其半。"因问："在朝闻主客作《曲水诗序》。"景高又云：
> "在北闻主客此制，胜于颜延年，实愿一见。"融乃示之。
> 后日，宋弁于瑶池堂谓融曰："昔观相如《封禅》，以知汉
> 武之德；今览王生《诗序》，用见齐王之盛。"融曰："皇家
> 盛明，岂直比踪汉武；更惭鄙制，无以远匹相如。"①

在这则故事中，北魏与南齐之间的对抗通过围绕王融年纪的针锋相对而得到了突出的展现。魏使房景高和宋弁无疑企图以王融的年轻来侮慢他，但王融以机巧的应答挽回了颜面。在一问一答之间，气氛颇显紧张。然而，当话题转向王融两年前创作的《曲水诗序》时，这个外交场合的氛围立即起了变化。这篇《诗序》文辞典雅，是王融最负盛名的作品之一。② 从房、宋二人对王融的《诗序》已有所耳闻这一点，可知北朝文士显然密切关注着南朝宫廷文人的创作动向。正如前代的颜延之和后来的庾信（513—581）一样，王融以其文名而蜚声北朝宫廷。一旦论及文章，南北双方的使臣立刻从对抗转为鉴赏与尊重。向来傲慢自负的王融，面对

---

① 萧子显：《南齐书》，卷 47，第 821—822 页；李延寿：《南史》，卷 21，第 575—576 页。永明十一年（493），王融二十七岁。但据陈庆元的考证，引文所述之事发生于永明十年，王融二十六岁时，见陈庆元：《王融年谱》，收入刘跃进、范子烨编：《六朝作家年谱辑要》，上册，哈尔滨：黑龙江教育出版社，1999 年，第 490 页。司马相如的《封禅文》，载于《史记》的"司马相如传"，见司马迁：《史记》，卷 117，北京：中华书局，2002 年，第 3063—3068 页。此文后来被萧统收入《文选》，见萧统编：《文选》，卷 48，第 2139—2145 页。

② 这篇序为 491 年王融在齐武帝禊宴集会上受命而作的《曲水诗序》。这篇诗序显然在当时为王融赢得了广泛的赞誉，见萧子显：《南齐书》，卷 47，第 821 页。后来，此序被收入《文选》，见萧统编：《文选》，卷 46，第 2056—2067 页。

魏使的称赏,也变得谦恭谨慎。① 一篇《诗序》促成政治敌对的暂时缓解,而作为南朝官员的王融,也在这一刻获得了超越南北的普遍承认与欣赏。在南朝文人的实践中,"文辨"的超越性还具有更广泛深远、触及"史"及身后的意涵。

南朝的诗人和文论家往往表现出较强的文学史意识。在他们的文学史建构中,"新变"是一个关键的概念。关于这一点,萧子显《南齐书·文学传论》的表述最具代表性,他提出:"在乎文章,弥患凡旧;若无新变,不能代雄。"②时人的"新变"主张认为文学史的发展应势如潮涌:后代的作家当以不断趋新的文学形式和文体风格超越前代。③ 因此,他们的文论尤其关注个体的重要作家或群体的文人世代与众不同、独树一帜的特色。永明诗人及其同时代的批评家显然以声律创新标榜其独具一格的文学成就,正如《梁书》所言:"齐永明中,文士王融、谢朓、沈约文章始用四声,

---

① 其他南朝诗人如谢灵运、沈约和任昉也闻名于北魏,见魏收:《魏书》,卷 12,北京:中华书局,1974 年,第 313 页;卷 85,第 1876 页。庾信很可能是因其文名而被遣使北朝;而在西魏大军攻陷梁都、弑杀梁元帝之后,庾信的文名也很可能是其被征入北朝宫廷,并被授以高位的原因之一。参见 Peter M. Bear, "The Lyric Poetry of Yü Hsin," PhD. diss. (Yale University, 1969), 213 - 214;鲁同群:《庾信年谱》,收入刘跃进、范子烨编:《六朝作家年谱辑要》,下册,第 463—464 页。有时,北朝精英文士对南朝作家的仰慕间接地反映出南朝文人间的对立竞争关系,如任昉和沈约之间有名的"诗、笔之争"(见李延寿:《南史》,卷 59,第 1452、1455 页)。相传,北齐(550—577)文人邢子才仰慕沈约而轻视任昉,魏收则重任而轻沈,二人曾为此在宴集场合公然相争,见颜之推撰,周法高注:《颜氏家训汇注》,台北:"中央研究院",1960 年,第 60 页;Teng Ssu-yü, *Family Instructions for the Yen Clan* (Yen-shih chia-hsün *by Yen Chih-t'ui*); *An Annotated Translation with Introduction* (Leiden: Brill, 1968), 97。

② 萧子显:《南齐书》,卷 52,第 908 页。

③ 与萧子显《南齐书》相类,见萧子显:《南齐书》,卷 52,第 907—909 页;另参 Tian, *Beacon Fire and Shooting Star*, 150 - 160。沈约对文学史的叙述,也强调了文体变创的重要性:"自汉至魏,四百余年,辞人才子,文体三变。"见沈约:《宋书》,卷 67,第 1778 页。

以为新变。"① 与他们对文学史的共识相应，南朝的宫廷文人特别
意识到"文辨"可能为其带来的后世的声誉，因此，他们十分积极
地追求文学创新，试图引领其所处时代的文学浪潮。② 而他们的
预设读者，也很可能包括想象的后世读者。作为当时宫廷士人的
一大特征，"文辨"对于他们的意义和价值体现在各个层面。在展
露"文才"之际，文人不仅可以求遇于主上、周旋于同侪，而且能够
扬名当世，甚至垂名身后。

"贤者"

在以文才为主的"人才"观念渗入南朝宫廷环境的同时，另一
种个人价值观也初露端倪。根据沈约的立论，"人才"观可以溯源
于"古道"；而这另一异种的价值观则源自当时宫廷文化中的新兴
力量——佛教。

南朝前期，齐竟陵王萧子良是最积极提倡佛教也最虔诚奉佛
的皇族成员。他为后世所称道的奉佛之举包括兴办当时最大规
模的佛教法会，组织编译多部佛学典籍，延请并款待名僧，以及创
作佛教诗文等。③ 沈约、王融和谢朓是竟陵王文人圈的核心成
员，也是上述各种佛教活动积极的支持者和参与者。④ 永明时代
后，沈约侍奉一心追求成为"菩萨君"的梁武帝萧衍，继续修习佛

---

① 姚思廉：《梁书》，卷 49，第 690 页。
② 我用"潮涌"的比喻，部分地受到锺嵘论永明声律创新的启发。锺嵘论曰："王元长
　创其首，谢朓、沈约扬其波。"见锺嵘著，曹旭集注：《诗品集注》，第 340 页。
③ 见汤用彤：《汉魏两晋南北朝佛教史》，北京：北京大学出版社，1997 年，第 324—
　327 页。
④ 见刘跃进：《门阀士族与永明文学》，第 44—48 页。

教并进行佛学撰著。① 虽然本书不拟全面探讨佛教对齐梁宫廷文化和文学的影响，但此节仍将考察这方面的一个重要问题，即沈约撰文详加阐述的、源自佛教思想的"贤者"概念。

南朝时期，佛教的拥护者往往是在传统文化的语境下来论证如"因果""开悟"等佛教教义的重要性和合理性，沈约也不例外。他曾撰《神不灭论》一文，以驳斥同为宫廷文人的范缜（约450—515）所提出的"形谢神灭"论，及其否定因果报应等主张。② 在论议中，沈约思考了人之为人的根本和人与人之间差异的缘由：

> 贤之与愚，盖由知与不知也。愚者所知则少，贤者所知则多。而万物交加，群方缅旷。情性晓昧，理趣深玄。由其途求其理，既有晓昧之异，遂成高下之差。自此相倾，品级弥峻。穷其原本，尽其宗极，互相推仰，应有所穷。其路既穷，无微不尽。③

这里的"贤者"和"愚者"，即沈约在同文稍后的部分所称之"圣"与

---

① 见 Mather, *The Poet Shen Yüeh*, 135 - 173。关于梁武帝的佛教活动，见 Tian, *Beacon Fire and Shooting Star*, 52 - 67。

② 范缜是主张"神灭论"的宫廷文人之代表，他也是竟陵王文学集团中的成员。他公开反对竟陵王萧子良的佛教信仰，宣称"无佛"，并作《神灭论》进一步阐发其思想，见姚思廉：《梁书》，卷48，第665—670页。竟陵王曾多次反驳并试图压制其主张，他甚至派王融知会范缜，称其"故乖刺为此，可便毁弃之"，然而范缜都不为所动，见李延寿：《南史》，卷57，第1421—1422页；姚思廉：《梁书》，卷48，第665、670页。入梁后，武帝萧衍针对范缜的"反佛论"，专门作《敕答》加以驳反，并召集了六十多位朝中官员共作文以驳之，沈约的《神不灭论》便作于此时。参见 Tian, *Beacon Fire and Shooting Star*, 59 - 62；Mather, *The Poet Shen Yüeh*, 136 - 151；高楠顺次郎、渡边海旭编：《大正新修大藏经》，卷52，第253b页，东京：大正一切经刊行会，1924—1932年。译者案：《大正藏》收《广弘明集》卷第二十二目录中，此篇题为《神不灭义》，见《大正新修大藏经》，卷52，第252c页。

③ 沈约：《神不灭论》，收入高楠顺次郎、渡边海旭编：《大正新修大藏经》，卷52，第253b页。

"凡"。在沈约看来,"自凡及圣",虽皆"含灵",但"圣"是永世长存的,而"凡"则终将"独灭"。① 他用"知与不知""情性晓昧"来描述贤、愚之别。上述引文之末,似为沈约对"贤者"共同求"知"过程的描述,即通过"互相推仰"而达至"无微不尽"的境界。②

在佛家观念里,最关键的"知"在于认识世界的虚幻本质,也就是说,那些表面真实或持久的事物终究不过是虚空而不能自持的。这一"真知"当如何领会呢?沈约在其佛学论著中指出,领会"真知"的过程从来都不是一个"顿"的过程。他认为"贤者"的独超众人之处,在于其能够不断地增进自己的认知,以达至"无微不尽"的境界。在《六道相续作佛义》中,沈约将这一过程描述为求知者毕其一生,甚至延续到来世的累积过程:

> 若今生陶练之功渐积,则来果所识之理转精。转精之知,来应以至于佛,而不断不绝也。③

---

① 沈约:《神不灭论》,收入高楠顺次郎、渡边海旭编:《大正新修大藏经》,卷52,第253b页。齐梁时期对"圣""凡"之辨的强调,也反映在萧统《令旨解二谛义并答问》中,见高楠顺次郎、渡边海旭编:《大正新修大藏经》,卷52,第247c页。黎惠伦(Whalen Lai)在其论文中对此有所探讨,此文提出,强调"圣""凡"之辨,是将佛教移入中国传统思想文化的结果,并论及"中国佛徒对个人角色的重视"(黎文注19)以及"真理变得关乎个人",成为"个性作用的结果"(黎文第345页)。见 Whalen Lai, "Sinitic Understanding of the Two Truths Theory in the Liang Dynasty (502–557): Ontological Gnosticism in the Thoughts of Prince Chaoming," *Philosophy East and West* 28. 3 (1978): 339–351. 译者案:《大正藏》收《广弘明集》卷第二十一目录中,萧统此篇题为《昭明太子解二谛义章》,见《大正新修大藏经》,卷52,第246c页。

② 在其他文章中,沈约亦写道:"佛者觉也,觉者知也。"见其《佛知不异众生知义》,收入高楠顺次郎、渡边海旭编:《大正新修大藏经》,卷52,第252c页。译者案:《大正藏》收《广弘明集》卷第二十二目录中,此篇题为《众生佛不相异义》,见《大正新修大藏经》,卷52,第252c页。

③ 沈约:《六道相续作佛义》,收入高楠顺次郎、渡边海旭编:《大正新修大藏经》卷52,第252c—253a页。参考 Mather, *The Poet Shen Yüeh*, 146; Whalen Lai, "Beyond the Debate on the 'Immortality of the Soul': Recovering an Essay by Shen Yüeh," *Oriental Culture* 19. 2 (1981): 150–151。

这里所谓"陶练",即沈约的另一篇《论形神》中所论之"修",是不会被枉费的"力致之功"。①

　　沈约所勾勒的"贤者",即如其本人这样有才能的佛教修习者,以及他们精进修炼的过程,体现了佛教成实宗的影响。据文献所载,这一宗派在齐梁时期的皇室与宫廷文人中颇具影响力,而沈约的佛学思想也"与其旨一以贯之"。② 成实宗的教义以《成实论》(梵语转写:Satyasiddhiśāstra)为基础。《成实论》由古印度僧人诃梨跋摩(Harivarman,约310—390)撰著,并于411—412年间,由后秦高僧鸠摩罗什(Kumārajīva,344—413)译介到中国。③ 传世本的《成实论》共分202品,详述了不同层次上的修习者认知能力和智识水平的次第增益。④ 它宣扬的思想如:

---

① 沈约:《论形神》,收入高楠顺次郎、渡边海旭编:《大正新修大藏经》卷52,第253a—253b页;参考 Mather, *The Poet Shen Yüeh*, 148 - 149;Lai, "Beyond the Debate on 'The Immortality Soul'," 151 - 152. 译者案:《大正藏》收《广弘明集》卷第二十二目录中,此篇题为《形神义》,见《大正新修大藏经》,卷52,第252c页。

② Mather, *The Poet Shen Yüeh*, 136.

③ 另有学者将诃梨跋摩的生卒年上溯至250—350年前后。《成实论》文,收入高楠顺次郎、渡边海旭编:《大正新修大藏经》,卷32,第239a—373b页。在当时对沈约产生影响的人中,有几位是主要的《成实论》倡导者,包括僧柔(431—494)和慧次(434—490),二人曾任齐文惠太子和竟陵王的专门导师,而沈约亦在481—490年间任职于两位皇子麾下。后来,沈约则与另一《成实论》的拥护者法云(467—529)关系密切。关于《成实论》在南朝的盛行,见汤用彤:《汉魏两晋南北朝佛教史》,第514—526页。关于成实宗的发展史,见任继愈主编:《中国佛教史》,第3卷,北京:中国社会科学出版社,1997年,第413—422页。

④ 竟陵王萧子良曾命人编辑了删节本的《成实论》,见高楠顺次郎、渡边海旭编:《大正新修大藏经》,卷55,第78a页。关于其内容,见 Lai, "Further Developments of the Two Truths Theory in China: The Ch'eng-shih Tradition and Chou Yung's San-tsung-lun," *Philosophy East and West* 30. 2 (1980): 139 - 161;陈世贤:《成实论"三心"与摄大乘论"三性"思想之比较》,《正观杂志》,2005年第32期,第161—190页;常蕾:《〈成实论〉中的二谛思想》,《五台山研究》,2006年第4期,第3—8页;常蕾:《〈成实论〉中灭三心的理论》,《五台山研究》,2006年第1期,第20—25页;任继愈主编:《中国佛教史》,第3卷,第394—408页。

世有二人，一谓智人，一谓愚人。若不善分别阴界
诸入十二因缘等法是名愚人，善分别阴界入等是名
智人。①

这段话中的"善分别"一词，突出反映了成实宗所注重的分析性与
系统性的开悟方式。在其最基本的层面，这种方式包含了如下所
示的分析过程：

轮等和合故名为车。五阴和合故名为人。②

若尔风中或有香，香应在风中。如香熏油，香应在
油中。是事不然。③

这里的关键在于分析所有物象的组成，从而"解构"它们的存在。
成实宗认为，在较低层次的认知中，世间的物象都是真实存有的，
只有通过反复解析，将其彻底解构之后，才能见其虚空。④ 因此：

通过解析"五境"（如，五感之对象：形、声、嗅、味、

---

① 高楠顺次郎、渡边海旭编：《大正新修大藏经》，卷32，第249a页。"五阴"，为五种人
格要素，包括色、受、想、行、识。"十二处"则就感官认识而言，包括主观性的"六根"
（眼、耳、鼻、舌、身、意）和客观对象之"六境"（色、声、香、味、触、法）。"十八界"为佛
教对一切存在的十八种分类，包括前述的"六根""六境"与相应的"六识"（眼识、耳
识、鼻识、舌识、身识、意识）。"十二因缘"则描绘了联系生死循环的三世因果，包括
无明、行、识、名色、六处、触、受、爱、取、有、生、老死。
② 高楠顺次郎、渡边海旭编：《大正新修大藏经》，卷32，第261c页。见上注关于"五
阴"的解释。
③ 高楠顺次郎、渡边海旭编：《大正新修大藏经》，卷32，第263b页。
④ 常蕾：《〈成实论〉中的二谛思想》，第3—5页。

触），成实宗将其分解为小分子，并进而将分子分解为更
微小的原子。重复这样的分解过程，成实宗最终获得了
最微观的元素……往前再推进一步，便达到虚空。①

《成实论》主张的循序渐进的修行步骤，由低到高，依次包括三个
层次：首先灭除假名心，接着灭除法心，最后灭除空心。② 要实现
这样的渐进，修行者首先要认识到一切物象之虚空，进而看到感
知行为和主体之虚空，最终达到对虚空本身之虚空的认识。三论
思想的先驱吉藏（549—623），曾尖锐地批判成实宗"拆（析）法明
空"式的小乘佛教（Hinayāna）理路③，最终导致了这一宗派在隋
代的式微。然而，它在齐梁时期的流行，依然显示出当佛教对中
国古代的文士阶层产生越来越广泛的影响时，成实宗的分析性、
系统性方式所具有的相对优势。

或许正是源于成实宗的影响，沈约对错综复杂的思维过程有
着不同寻常的敏感度。此前已有研究指出，沈约对"念"这一细切
的思维活动作出了精妙的分析（念，在汉语中有多层含义，它既指

---

① Takakusu Junjirō（高楠顺次郎），*The Essentials of Buddhist Philosophy*，3rd ed.
（Honolulu：Office Appliance Co.，1956），77. 另见 Lai，"Further Developments of
the Two Truths Theory in China," 139 - 161；陈世贤：《成实论"三心"与摄大乘论
"三性"思想之比较》；常蕾：《〈成实论〉中灭三心的理论》。

② "假名心"是将所有存在误以为真实持久的一种状态；"法心"是认识到所有存在非
真实，却仍将诸如"五阴"一类的基本元素误为真实持久；而"空心"则是一种"初步
涅槃状态"，是认识到一切存在之基本组成皆为虚空之后的结果。唯有灭除"空心"
之后，才能真正达至涅槃境界。见高楠顺次郎、渡边海旭编：《大正新修大藏经》，卷
32，第327a页，卷44，第513c页；陈世贤：《成实论"三心"与摄大乘论"三性"思想
之比较》；常蕾：《〈成实论〉中灭三心的理论》。

③ 见高楠顺次郎、渡边海旭编：《大正新修大藏经》，卷45，第4a页。根据汤用彤的考
证，我在此处亦将"拆"字作"析"字解。见汤用彤：《汉魏两晋南北朝佛教史》，第
536页。

"专注凝思"［梵语转写：*smṛti*］，也具有"刹那、瞬间"［梵语转写：*kṣaṇa*］的时间内涵）。在此分析中，他解释了修行者开悟过程中遭遇阻滞的原因：

> 一念而兼，无由可至。既不能兼，纷纠递袭。一念未成，他端互起。互起众端，复同前不相兼之由。①

在《神不灭论》最后的分析中，沈约融入了道家的相对性范畴"忘"，以阐释佛教的根本性概念"空"："不浅不惑，出于兼忘②。以此兼忘，得此兼照。"③然而，他将思绪分割成单独的"念"的做法，则明显体现出当时佛教偏重分析性和系统性的方式。在后续的章节中，我们会看到，沈约阐发"精"这一佛教思想，强调将思维专注于对微而愈微之对象的分析，这与他本人和其他永明诗人在诗歌的探索上专注于对声色的细致观察与描摹有出乎意料的一致性。田晓菲在其富有创见的研究中，把宫体诗呈现出的崭新的观物方式归于佛教"定"或"止"（梵语转写：*śamatha*）和"照"等概念的影响，并特别引述了沈约对"不尽之万念"的分析。④ 田氏认为，宫体诗人对瞬时之"照"的捕捉，其深切凝视下的幻象，及其视觉与光影的互动，表现出一种具有佛教意味的深刻、专注的思维

---

① 沈约：《神不灭论》，收入高楠顺次郎、渡边海旭编：《大正新修大藏经》，卷52，第253c 页。参考 Mather, *The Poet Shen Yüeh*, 151; Tian, *Beacon Fire and Shooting Star*, 232。

②《庄子》有"兼忘天下易，使天下兼忘我难"之语，见郭庆藩：《庄子集释》，卷14，第221 页，收入国学整理社编：《诸子集成》，上海：上海书店，1986 年。

③ 沈约：《神不灭论》，收入高楠顺次郎、渡边海旭编：《大正新修大藏经》，卷52，第253c 页。参考 Mather, *The Poet Shen Yüeh*, 151。

④ Tian, *Beacon Fire and Shooting Star*, 229 - 233.

状态。[①] 本书的研究将进一步指出,佛教观物的视角在宫体以前的永明体就已经得到了阐发。

透过复杂的视镜,我们看到"人才"的横溢勃发与"贤者"的敏锐认知之间潜在的互动与矛盾,而这一关系也许是促进中古诗歌新的发展的原动力。换言之,一种复合型的个人价值观居于这一时期诗歌的核心,它一方面受到儒家观念的推动,以大范围的群体和社稷的需要为前提来界定个人才华;另一方面,它又受到佛教思想的影响,因而对察觉、感知和分析精微事物的能力赋予了新的意义和价值。这种复合型的价值观在诗歌领域愈加深化,并在永明诗人的自我书写与自我表现中不断流溢出来。

---

① Tian, *Beacon Fire and Shooting Star*, 211 - 259.

第二章　知音[①]

汉代文人扬雄(前 53—18)的"雕虫篆刻"一语,为后世的文论家们所步趋,成为对文学创作"徒求炫技"的批评。[②]扬雄原本只是单论"赋"这种以闳衍侈丽而著称的文体,但纵观上至孔子对"巧言令色"的警语,下至后世甚至直到现代一些学者对文学技巧的轻视,扬雄此语实际上反映了文学传统中普遍存在的一种批评态度。在此背景下,下引沈约《答陆厥书》中的一段话,便越加独树一帜:

> 若斯之妙,而圣人不尚,何邪? 此盖曲折声韵之巧,
>
> 无当于训义,非圣哲立言之所急也。是以子云譬之"雕

① 本章曾以单篇论文的形式发表于 *Chinese Literature：Essays，Articles，Reviews* (*CLEAR*),见 Goh, "Knowing Sound：Poetry and 'Refinement' in Early Medieval China," *CLEAR* 31 (2009)：45 - 69。特此感谢 *CLEAR* 方面提供重印许可。

译者案:本章中译版的一个早期版本曾以单篇论文的形式发表于《文学研究》,后收入卞东波编:《中国古典文学与文本的新阐释——海外汉学论文新集》。见吴妙慧(Meow Hui Goh)撰,朱梦雯译:《知音:永明视学新探》,《文学研究》,第 3 卷,2017 年第 2 期,第 103—116 页;卞东波编:《中国古典文学与文本的新阐释——海外汉学论文新集》,合肥:安徽教育出版社,2019 年,第 124—142 页。此版较前有所改动,特此感谢《文学研究》编辑部和卞东波教授提供授权。

② 扬雄:《法言》,卷 2,第 1a 页,收入《四部丛刊》,第 333 册,上海:商务印书馆,1929—1934 年。

虫篆刻",云"壮夫不为"。[1]

这里,沈约所谓"妙",正是指由他和同时期的永明诗人共同创制的新声律形式。他显然深知自己的诗学主张所面临的偏见和阻力,而他援引扬雄之语从反面为自己的立场张本,在当时想必令人耳目一新。根据梅维恒(Victor H. Mair)和梅祖麟的论断,汉语声律是在中古时期大量的佛经赞呗和转读过程中被发现的,其源头可以追溯到梵语诗学。[2] 由此可见,沈约和当时的永明诗人处于一种跨文化、跨语境的声律传播与影响的环境中。作为其核心人物,他们受到了怎样的文化冲击?他们对诗歌的形式与声律表现又作出了怎样的思考呢?沈约等齐梁宫廷诗人虽然深受佛教的影响,却并非出家的佛徒僧侣,因此他们在声律上的追求,有异于僧侣们在转读梵呗上所做的努力。诗歌声律对他们而言,到底意味着什么呢?本章将观察这些诗人如何在宫廷环境或个人交流中表现他们的声韵才华。从这一视角,我们将看到:所谓诗歌声韵,对他们而言,并非死板的技巧或硬性的规则,而是贯穿了创作、诵读和聆听的全过程。他们通过声韵所追求的,与其说是实验,不如说是经验才更为确切。

四声八病

自唐代以来,"四声八病"就被看作沈约声律理论的核心。[3]

---

[1] 萧子显:《南齐书》,卷 52,第 900 页。另参 Mather, *The Poet Shen Yüeh*, 52。

[2] Victor H. Mair and Tsu-lin Mei, "The Sanskrit Origins of Recent Style Prosody," *HJAS* 51.2 (1991): 375 - 470. 张洪明发表于 2006 年美国亚洲研究协会(AAS)年会的论文对此文有所回应,见 Zhang Hongming, "Shen Yue's Poetic Metrical Theory and His Poem Composition: A Linguistic Perspective," unpublished。

[3] 如皎然:《诗式》,收入常振国、降云编:《历代诗话论作家》,上篇,长沙:湖南人民出版社,1984 年,第 123—124 页。

因此，在展开论述之前，有必要先对"四声八病"的说法作出阐释和反思。首先需要肯定的是，沈约及其时人的确广泛地使用并大力提倡"四声"这一语言和声律概念，而且沈约与同时的周颙（488年卒）亦分别基于"四声"概念成为"声谱"一类辞书的最早编纂者。① 然而，这里的问题并不在于"四声"，而在于传统将所谓"八病"视为沈氏声律理论的主要内容，并将"八病"概念的创制也归功于沈约的看法。② "八病"可以理解为用来规范诗歌中如头音、尾音和音调等语音形式之排列方式的八种规则。③ 梅维恒和梅祖麟将汉语词"病"追溯到了梵语"doṣa"的概念，但我们至今仍难以辨明这一概念在中国流播和发展的具体过程。④ 关于"八病"，有三点值得注意：第一，空海（774—835）的《文镜秘府论》，作为现存唯一详细描述"八病"的文献，也仅仅在其中的"五病"里提到了沈约，并将沈约列为论及此"五病"的数位论家之一。⑤ 第二，在

---

① 沈约和周颙的声谱著作，现已亡佚。其中沈约之作题为《四声谱》，周颙则著有《四声切韵》。学者多认为汉语"四声"的概念，即使不是完全基于，也在很大程度上受到了梵语"声"概念的影响。见陈寅恪：《四声三问》，收入其《金明馆丛稿初编》，上海：上海古籍出版社，1982 年，第 328—329 页；饶宗颐：《印度波俪尼仙之围陀三声论略——四声外来说平议》，收入其《梵学集》，上海：上海古籍出版社，1993 年，第 79—92 页；Mei, "Tones and Prosody in Middle Chinese and the Origin of the Rising Tone," *HJAS* 30 (1970)：86 - 110。

② 见 Mather, *The Poet Shen Yüeh*, 57 - 60；林家骊：《沈约研究》，第 231—282 页。

③ 例如，第一条规则"平头"，是禁止五言诗首句头两字与次句头两字音调相同；第二条"上尾"，则规定五言诗首句最末字与次句最末字的音调不可相犯。对"八病"规则的完整描述，见［日］弘法大师原撰，王利器校注：《文镜秘府论校注》，北京：中国社会科学出版社，1983 年，第 400—437 页；另参 Richard Wainwright Bodman, "Poetics and Prosody in Early Medieval China：A Study and Translation of Kūkai's *Bunkyō Hifuron*," PhD. diss. (Cornell University，1978)，267 - 320。

④ Mair and Mei, "The Sanskrit Origins of Recent Style Prosody," 380, 436 - 454.

⑤ 见首四病以及第七病的条目，参［日］弘法大师原撰，王利器校注：《文镜秘府论校注》，第 404、407、412、419、432 页；Bodman, "Poetics and Prosody in Early Medieval China," 272, 277, 283, 295, 310, 311；另参吉田辛一：《文鏡祕府論卷第一「四聲論」について》，《書誌學》，第 17 卷，1941 年第 3 期，第 61—72 页。

现存沈约所有关于诗歌声律的论著中,并没有任何涉及"八病"的论述,甚至连"声病"的概念也不见载。第三,与沈约所处时代非常接近的史家萧子显在其著《南齐书》中对沈约的声律创新有一段较为简明的记载:

> 约等文皆用宫商,以平上去入为四声,以此制韵,不可增减,世呼为"永明体"。[①]

与沈约等人同时代的批评家锺嵘在评价他们的声律追求时,也只提到了"蜂腰""鹤膝"二病,而且并未将此二病归于永明诗人的创造。[②] 然而,到了唐代史家李延寿的时代,"声病"的概念已经传播开来,文献中关于"声病"的条目及论述也日积月累。在这样的背景下,李氏在其史著中对沈约等人的声律创制便有了如下的说法:

> 约等文皆用宫商,将平上去入四声,以此制韵,有平头、上尾、蜂腰、鹤膝。五字之中,音韵悉异,两句之内,角徵不同[③],不可增减。世呼为"永明体"。[④]

[①] 萧子显:《南齐书》,卷52,第898页。

[②] 参见锺嵘著,曹旭集注:《诗品集注》,第340页。锺嵘之论其实为"永明诗人归属说"带来了更多的可疑性。锺氏道:"至如平上去入,则余病未能;蜂腰、鹤膝,闾里已具。"此处是说沈约及其同时代诗人将"蜂腰""鹤膝"传至"闾里",还是说"蜂腰""鹤膝"因"闾里已具"之故对永明诗人而言并非新物? 在笔者看来,两种解读似乎都说得通。

[③] 李延寿史论的这一部分几乎是逐字转述了沈约论诗歌声律的一段文字,沈氏原文完整地保存在《宋书》中,后文还将征引。

[④] 李延寿:《南史》,卷48,第1195页。

李延寿的这段记载，显然逐字逐句抄录了萧子显《南齐书》的原文，但其中明显增加了声病的具体名称以及论述声律的一段文字，以此将声病的创制归属于沈约及其时人。即便如此，李延寿也只提到了"八病"中的四种。综合以上各项材料，可见沈约等永明诗人无疑运用了"四声"的概念来制定新的诗歌声律。在此过程中，沈约本人似乎也参与阐释，甚至推广了一些被后世称为"八病"的声律规则。然而，他并非这些规则的独创者，其人及其时代更无"八病"之说。长期以来将"八病"视为沈约声律论之内容的做法，其实并没有确切的史料依据。误以"八病"来理解沈约的声律论，只会将之条规化、死板化，不但掩盖了其丰富的文化内涵，而且再一次将其框限在"雕虫篆刻"的传统偏见中。①

"知音"

永明诗人将精通诗歌声律的同道引为"知音"。②"知音"原指深谙音乐之人，与诗歌声律无关。《吕氏春秋》里记载了"知音"的经典故事：琴师俞伯牙毕生只有锺子期这位能深入他的琴声境界的知音，而锺子期死后，俞伯牙破琴绝弦，终生不复鼓琴。③ 这则故事传达出一种整合了艺术审美、际遇知音与道德情操的文化理想。一位乐者如果有幸得遇知音，那么二者之间的交流，便达到了高度私人化，甚至排他性的境界；他们共同创造并共同体验

---

① 刘跃进和张洪明都质疑了以沈约为"八病"创造者的观点。参见刘跃进：《门阀士族与永明文学》，第353—363页；Zhang, "Shen Yue's Poetic Metrical Theory and His Poem Composition"。

② 后文中我们将看到沈约将一位深得其作声律之旨的后辈诗人引为"知音"。此外，还有更多永明诗人援引"知音"一语的例子，见第41页注③。

③ 王利器：《吕氏春秋注疏》，卷14，成都：巴蜀书社，2002年，第1394—1395页。

的音乐世界，是局外的非知音者所不能理解、不能参与的。与此同时，"知音"反映出的这种文化理想又建基于一系列的传统价值观上，包括以"乐"为最高的文化形式，以及强调男性生命里"忠""义"的价值取向等观念。永明诗人一再援引"知音"的概念，不仅有助于抬高自身的形象，而且能消解传统上对钻研"技巧"的蔑视，更能借蕴于其中的文化理想来对他们所处的新兴文化环境作出新的诠释。

　　一个容易被忽视的事实是，"四声"在永明时期还是一个很新的音调概念，时人对之或是困惑不解，或是推崇提倡。作为中古汉语里的超音位成分，一个音节的音调对音节本身的模式、音高与音长都有影响。沈约等人认识到，他们所使用的语言之所以能产生独特的语音效果，是音调在起作用。他们据此划分出"平、上、去、入"四种音调，合称为"四声"。[1] 根据沈约的描述，当以"四声"入诗，巧历相配时，会营造出"高下低昂"的听觉体验。[2]在当时的南朝宫廷里，并非人人都深谙"四声"，这就使如沈约这样能善辨四声的文人得以借声律显才，而"知音"与否，也成为评判个人文化形象之高下的一种准则。梁武帝向朝臣周舍（469—524）询问"何谓四声"的轶事便反映了当时新兴的"知音"文化。[3]现代学者马瑞志敏锐地指出，武帝萧衍在即位前十年左右，正与永明诗人同时活跃于萧子良文人圈中，因此他不可能不知道"何

---

[1] 关于"四声"与"平仄"的基本特点，参见周法高：《说平仄》，《中央研究院历史语言研究所集刊》，1948 年第 13 期，第 153—162 页；Mei, "Tones and Prosody in Middle Chinese and the Origin of the Rising Tone," 104 - 110；丁邦新：《平仄新考》，《"中央研究院"历史语言研究所集刊》，1975 年第 47 期，第 1—15 页；张洪明：《汉语近体诗声律模式的物质基础》，《中国社会科学》，1987 年第 4 期，第 185—196 页。

[2] 萧子显：《南齐书》，卷 52，第 899 页。

[3] 姚思廉：《梁书》，卷 13，第 243 页。

谓四声"。① 但据《文镜秘府论》的记载，武帝当时的这一问，无论是基于真不知还是假不知，已足以引起流言，为他带来"梁王不知四声"的非议。② 隋人刘善经对这则轶事的记述还增加了时人"叹萧主之不悟"的感慨。③ 故事里梁武帝的"不知""不悟"与周舍的巧妙应对形成了鲜明的对比。据载，周舍以"天子圣哲"四个字来回答梁武帝。此四字的中古声调如下：

	天	子	圣	哲
音标④：	*than*	*tsiQ*	*syeingH*	*trat*
声调：	平	上	去	入
调式⑤：	—	╱	╲	╱╲
	A	B	C	D

周舍别具一格的回答，不但以实例精准地示范了何谓"四声"，而且得体恰当，有侍臣奉主之仪。这是一场意蕴丰富的表演，展现的不仅是周舍的巧智与学识，还有他自信的风度和出众的风仪。周舍鲜明的个体形象通过这场展演而得到了突出的表现。在正史中，周舍也被认为是南朝为数不多的以通晓音韵而著称的宫廷文人之一。在一个谱牒统绪和家学传统主导知识传承的文化环

---

① 如 Mather, *The Poet Shen Yüeh*, 38。
② [日]弘法大师原撰，王利器校注：《文镜秘府论校注》，第 100—101 页。
③ 同上。
④ 此处及后文使用的所有中古汉语音标的标注方法参考了林德威（David Prager Branner）的"音通"数据库"Yīntōng：Chinese Phonological Database"。关于"音通"使用的音标系统的详细讨论，见 Branner, "A Neutral Transcription System for Teaching Medieval Chinese," *Tang Studies* 17（1999）：1 - 169。
⑤ 此处以"—""╱""╲""╱╲"及"A""B""C""D"对应标示"平""上""去""入"的方式，将在全书通用。

境中,周舍的成就可以直接追溯到他的父亲周颙,即在"四声"和"声谱"的开创方面与沈约齐名的另一"知音"者。① 周颙虽是独居山舍的半隐之人,却是竟陵王文学雅集中的常客,其创作"辞韵如流",甚至使"听者忘倦"。② 据一则史料记载,当时的卫将军王俭曾询问周颙独居山中"何所食",周氏对此的回答是③:

	赤	米	白	盐,	绿	葵	紫	蓼
音标:	tshyeik	meiQ	beik	yam	luk	gwi	tsiQ	laoQ
声调:	入	上	入	平	入	平	上	上
调式:	∧	/	∧	—	∧	—	/	/
	D	B	D	A	D	A	B	B

我们注意到,周颙答语的前半句包含两个入声,即带有"-*p*""-*t*""-*k*"这类"直促"尾音(也称声门塞音)的声调。④ 通过这些入声与其他声调之间的反差,周颙在此创造出一种强烈的语音效果;我们今天若以粤语或其他一些南方方言诵读这句答语,依然能产生这样的发音效果。对答的后半句仍以入声领起,却继以一个平声和连续两个上声,在整体效果上,与前半句的"直促"形成了鲜明的对比。不难想见,当时周颙对答所呈现出的这种独特的语音效果一定给听者留下了深刻的印象。在中国历史上,南朝能以一个格外讲求声律实验与创新的时代而被记住,也要归功于当时流

---

① 姚思廉等:《梁书》,卷25,第375页。
② 萧子显:《南齐书》,卷41,第732页。
③ 同上。
④ [日]弘法大师原撰,王利器校注:《文镜秘府论校注》,第481页;另参张洪明:《汉语近体诗声律模式的物质基础》,第189页。

行在宫廷内部和文人群体之间围绕"四声"等新兴概念的问难、应答、讨论与展演。在这样的时代中,做一个"知音者"便意味着站在一种新的文化表现与学问领域的前沿。

沈约的独特成就,在于通过诗歌来展现当时这种新兴的文化与学问。他发现汉语语言如果按照超音位成分进行划分,会形成具有不同语音效果的音节组,由此,他径直将其转化为诗歌创作中的普遍准则。沈约在一篇著名的论议里阐发了相关的主张,这篇论议保留在他受齐武帝之命而编撰的《宋书》中。① 其实,沈氏的基本观点非常简明:作诗在同句之内和对句之间应当使用不同音调的音节,从而避免音调的重复。这一原则确保了语音"相变"和"互节"的效果,使诗句的进展摆脱沉滞,而始终富于变化。如果说节奏是一种"续续不断之流",那么沈约的声律主张便标志着一种崭新的诗歌节奏意识的觉醒。② 最终,就如何促进诗歌内部的语音变化,沈约提出的只是一个概括性的指导原则,从而为进一步创造丰富多样的语音模式提供了可能。所以,沈约等人之诗学主张体现的并不是一种高度规则化的声律模式,而是"声律"这

---

① 沈约论音调时使用了多种概念。他写道:"欲使宫羽相变,低昂互节,若前有浮声,则后须切响。一简之内,音韵尽殊;两句之中,轻重悉异。妙达此旨,始可言文。"当时论者用"宫、商、角、徵、羽"的乐音五音指代语音音调的概念是常见的现象。关于"五音"与"四声"的关系,见詹锳:《四声五音及其在汉魏六朝文学之应用》,《中华文史论丛》,1963 年第 3 辑,第 163—192 页;郭绍虞:《再论永明声病说》,收入其《照隅室古典文学论集》,下编,上海:上海古籍出版社,1983 年,第 190—209 页;夏承焘:《四声绎说》,《中华文史论丛》,1964 年第 5 辑,第 223—230 页。

② "续续不断之流",语出 Zuckerlandl, *Sound and Symbol: Music and the External World*, translated by Willard R. Trask (New York: Pantheon Books, 1956), 169‑170。沈约关于促进诗歌内语音变化的主张与早期广泛使用的"结韵"技巧不同。"结韵"是通过重复诗句最末几个音节中的特定韵脚而实现的(通常情况下,结韵只出现在偶数句中)。换句话说,结韵所体现的基本原则是语音的重复而非变化。参见释慧皎:《高僧传》,收入高楠顺次郎、渡边海旭编:《大正新修大藏经》,卷50,第 414c 页。

一独特的概念本身。然而,鉴于声律概念在当时的新异程度,对其充分的领悟、运用和欣赏有赖于敏锐精细的技巧,因此,这样的声律追求唯有在"知音者"之间才能完全实现。

当其声律创新正盛之时,这些永明诗人显然在当时的都城建康及其周边的文人群体中激起了热烈的反响,吸引了大量的追捧者和跟风者。锺嵘述及时风道:"于是士流景慕,务为精密。襞绩细微,专相凌架。"①下面这则轶事大约发生在沈约晚年退居郊野后,它使我们更加清楚地看到其声律主张践行于时的实际情况。当时,沈约正在创作《郊居赋》,此赋后来成为他最负盛名的作品之一。② 这篇精美的赋作,流传下来的版本长达四百五十句,以沈约上溯十五代先祖的家世起始,而以他对自己人生的思考作结。相传,沈约邀请年轻的诗人王筠到自己的郊居之所共读此赋,而王筠是沈氏晚年尤为推赏的后辈诗人之一。当王筠读到"雌霓(五激反)连蜷"一句时,沈约"抚掌欣抃曰":"仆尝恐人呼为霓(五鸡反)。"③这里,反切本应作"五鸡反"、读为"ngiei"音的"霓"字,为何要作"五激反"而读作"ngiek"音呢?其实,这两种读音对词义本身并无影响(两种读音下,"霓"皆作"虹"解),不同之处仅仅在于尾音,前者"-ei"为平声,后者"-ek"为入声。故事在此并没有作出进一步的解释,但我们若联系沈约对诗歌声律的论述,便会对这则典故获得更加全面清晰的理解。赋中此句与后句构成了一组对句:

---

① 锺嵘著,曹旭集注:《诗品集注》,第 340 页。
② 此赋全文见于《梁书》的"沈约传",参姚思廉:《梁书》,卷 13,第 236—242 页。马瑞志对此赋的讨论,见 Mather, *The Poet Shen Yüeh*, 176 - 214。沈约这篇赋体现了精湛的声律技巧,本书的附录一对此赋的押韵和声律有详细的解析。
③ 姚思廉:《梁书》,卷 33,第 485 页。

　　　　驾雌蜺之连卷

　　　　泛天江之悠永①

以下列出这组对句的两种音调模式，分别遵照上述"蜺"字的不同读法：

"蜺"字读音：*ngiek*　　　　　　　　　　*ngiei*

　　　　　　　驾 雌 蜺 之 连 卷　　驾 雌 蜺 之 连 卷

　　　　　　　泛 天 江 之 悠 永　　泛 天 江 之 悠 永

调式：　　＼ 一 ∧ 一 一 ／　　＼ 一 一 一 一 ／

　　　　　　＼ 一 一 一 一 ／　　＼ 一 一 一 一 ／

　　　　　　C A D A A B　　　　C A A A A B

　　　　　　C A A A A B　　　　C A A A A B

通过比较，我们看到"*ngiek*"的读音为这两句构拟了唯一的入声，舍此，或以"*ngiei*"音相替，都无疑使整组对句在语音效果上失去反差而显得贫乏。沈约偏爱的入声读法明显在同句的"雌""蜺"两音之间，以及上下句的"雌蜺""天江"两个双音节词之间创造出音调上的反差效果。因此，这种读法满足了其"一简之内，音韵尽殊；两句之中，轻重悉异"的声律主张。在故事的后续发展中，当王筠读至"坠石碨星"一句时，沈约被其诵读的节奏效果深深地吸引而不禁"击节称赞"。② 正如马瑞志所言，沈约包括"坠石碨星"句在内的一段文字，描写的是"他自身精神追求的世外胜景"。③

_____

① 姚思廉：《梁书》，卷13，第240页。"蜺"，通"霓"。

② 姚思廉：《梁书》，卷33，第485页。据史载，此句是王筠特别欣赏的两句之一。

③ Mather，*The Poet Shen Yüeh*，203.

但他的这种精神追求不仅寄寓于景色描写,还依附在"音声"之中:

巍峨崇崒	—	—	—	∧	A	A	A	D
乔枝拂日	—	—	∧	∧	A	A	D	D
峣嶷岧嶢	—	∧	—	—	A	D	A	A
坠石堆星	╲	∧	—	—	C	D	A	A
岑嶜崟屼	—	—	∧	∧	A	A	D	D
或坳或平①	∧	—	∧	—	D	A	D	A

我们看到,在上引六句中,除了第四句句首的"坠"字为去声,其余的音节不是平声,就是入声,这两种声调构成一对截然不同的语音效果。正如前文所论,入声具有"直促"的特点,反之,平声却具有在一个水平的语音层面无限延长的潜力。② 从上引赋句来看,平声之"平"与入声之"促"对比鲜明,完美地契合着严酷的风景意象,如末句的"或坳或平"(声调为"入平入平")即是如此。此外,沈约以唯一的去声音节"坠"引起第四句,为整体的语音符号增添了适时适度的曲折效果,因此,这一句也大获王筠的赞赏。据载,看到王筠深得自己的声律技巧,沈约大感欣慰,而对王筠道:"知音者希,真赏殆绝,所以相要,政在此数句耳。"③沈、王之间这段

---

① 姚思廉:《梁书》,卷 13,第 240 页。
② 张洪明引张世禄语指出,平声的"延长性"要通过一定的诵读才能体现出来,见张洪明:《汉语近体诗声律模式的物质基础》,第 192 页。丁邦新也关注到这个问题,指出"(平声)易于曼声延长",见丁邦新:《平仄新考》,第 6 页。
③ 姚思廉:《梁书》,卷 33,第 485 页。这几句引文使我们联想起沈约《宋书·谢灵运传论》:"世之知音者,有以得之,知此言之非谬。如曰不然,请待来哲。"见沈约:《宋书》,卷 67,第 1779 页。同时,我们还由此联想到相传王融在离世前计划撰写的《知音论》,见钟嵘著,曹旭集注:《诗品集注》,第 337 页。

故事，即使有虚构的成分，也捕捉并活现了当时二人沉浸于声律追求的精神和场景。从其知音晤谈中流露出的，是通过"新知"重塑文化理想的一种努力。尽管二人之间通过"音声"的交流仍然深具私人性和排他性气质，但其中包含的细致、精微的取向则反映出固有文化观念的转变和一种极为不同的审美感受。最引人注目的，是关乎智识、审美与私人体验的"知音"追求，在此只需要通过几句韵文，甚至一个音调就高下立判。鉴于这里讨论的作品是一篇赋，我们由此应当强调这一点：沈约及其时人的声律主张本是广泛针对各种文学体裁，并实践于包括诗与赋在内的各类作品中，但现代学术研究对相关问题的理解往往局限于其诗歌而忽视了其他文体。①

在早期的文学传统中，"志"——"心之所向"，是艺术表现与艺术欣赏中最关键的概念，它往往联系着儒、道背景下人的道德本体与高尚追求。② 据《吕氏春秋》载："伯牙鼓琴，锺子期听之，方鼓琴而志在太山，锺子期曰：'善哉乎鼓琴，巍巍乎若太山。'"③泰山便是孔子曾经登临而"小天下"之处。④ 伯牙与锺子期通过音乐产生了神游泰山的共同体验，而"心之所向"之"志"则引导着

① 在此，我要感谢书稿的一位匿名评审，他建议我明确指出这个问题。关于永明诗人在乐府这种诗歌的亚文体中运用声律理论的研究，见 Goh, "Wang Rong's (467 - 493) Poetics in the Light of the Invention of Tonal Prosody," PhD. diss. (University of Wisconsin - Madison, 2004), 184 - 239. 此外，值得一提的是，《文镜秘府论》中不仅包括对诗歌声律的讨论，还涉及赋、颂、笔等文体。参见[日]弘法大师原撰，王利器校注：《文镜秘府论校注》，第 407—408 页。关于沈约《郊居赋》中四声运用的进一步分析，参见本书的附录一。
② 对"诗言志"中的"志"的解释，我认同宇文所安（Stephen Owen）将其解作"心之所向"的做法。参见 Owen, *Readings in Chinese Literary Thought* (Cambridge, MA: Council on East Asian Studies, Harvard University, 1992), 26 - 29. 关于"诗言志"的原典，参见《尚书正义》，卷 3，第 79 页。
③ 王利器：《吕氏春秋注疏》，卷 14，第 1394 页。
④ 见《孟子注疏》，卷 13，第 365 页，《十三经注疏》版。

这对知音间的精神交流。这种心之所向的目标,带着浓厚的道德
寓示。较之这一传统,沈约的主张展现出了重要的差异。在其
《宋书·谢灵运传论》中,沈约总结道:那些早期文学的"高言妙
句",是无意所得,"匪由思至";而在他看来,"思"才是真正达到
"知音"境界背后的推动力。[1] 他对每个音调的严密关注,尽管被
一些论者看作对细枝末节的无益计较,其实恰恰反映出他重"思"
的文学观念。在沈约看来,无论是对"四声"的区分,对诗歌特有
的语音形式的锤炼,还是通过诵读而精析声律、品赏诗意,都是对
"思"的实践。下引的文字,来自沈约以"知音"身份写给王筠的一
封书信:[2]

> 览所示诗,实为丽则,声和被纸,光影盈字。夔、牙
> 接响,顾有余惭;孔翠群翔,岂不多愧。古情拙目,每伫
> 新奇,烂然总至,权舆已尽。会昌昭发,兰挥玉振,克谐
> 之义,宁比笙簧。思力所该,一至乎此,叹服吟研,周流
> 忘念。

不同于"志"所主导的传统美学观念,沈约主张的"思"或"思力"并
不以道德理想或"德行"为目标,而是直接关系到思维的过程。这
一过程所具有的专注性、认知性和感觉性特质,通过创造和解析
精细复杂的声律模式而得以体现。三世纪的诗人陆机(261—
303)曾感叹诗歌"音声迭代""逝止无常"而难以控制。[3] 两百多
年后,沈约以"思"为基础建立的新的美学理想则为陆机所说的

---

① 见沈约:《宋书》,卷 67,第 1779 页。
② 姚思廉:《梁书》,卷 33,第 485 页。
③ 见陆机:《文赋》,收入萧统编:《文选》,卷 17,第 766—767 页。

"无常"提供了解决之道。在这种新的美学里，"知音"间的相遇相赏取决于双方共有的敏锐捕捉语音流中音调变化的独特能力，并由此而产生思维层面的交流与共鸣。

会　声

就中国古典诗歌而言，我们传统惯性的阅读方式尤其不适用于理解永明体。长期以来，我们习惯了做"无声文本的无声读者"[①]，而永明体诗歌却要求我们想象其创作中声音、意象和诗义共同展开的过程。其实这一过程本身，往往即是永明体真正的意义之所在。下面要讨论的三首诗，在以往的研究里常被视为"意寡"之作，然而，我更倾向于将其作为一种"声诗"来阅读，唯有通过对其语词和声律之间，以及对诗人和读者之间互动关系的想象，才能体会个中深味。

下引沈约的这首诗描写了夜幕中传来的阵阵猿鸣：

石塘濑听猿[②]	调式
嗷嗷夜猿鸣	C C C A A
溶溶晨雾合	A A A C D
不知声远近	D A A B C
惟见山重沓	A C A A D
既欢东岭唱	C A A B C

---

① 在此，我借用了柯马丁（Martin Kern）的说法，柯氏通过考察"无声文本的无声读者"，探讨了将西汉大赋还原为表演性文本的障碍。见 Kern, "Western Han Aesthetics and the Genesis of the Fu," *HJAS* 63.2 (2003): 383–437。

② 逯钦立辑校：《先秦汉魏晋南北朝诗》，北京：中华书局，1995年，第 1661 页；另参 Mather, *The Age of Eternal Brilliance*, 1: 225。

复仁西岩答　　　　　ＤＢＡＡＤ

在夜色的笼罩与"晨雾"的弥漫中，诗人目力所及，是重沓的山影。由层叠山势造就的"回音壁"式的效果，令人"不知声远近"。终于，他领会到动物鸣声中唱答交替的变换模式，并为之而"欢"，为之而伫立静听。诗人最终的"领会"是思之所获，体现出一种专注之功。除此以外，诗里其实还包含着另一层面的"会声"。我们注意到，当"-m""-n""-ny""-ng"这样的鼻音重复叠出时，往往能创造出一种高度的和声效果。在这首诗的三十个音节中，有十六个都以鼻音收束：

<pre>
嗷　嗷　夜　猿　鸣
　　　　　　-n　-ng
溶　溶　晨　雾　合
-ng　-ng　-n
不　知　声　远　近
　　　　-ng　-n　-n
惟　见　山　重　沓
　　-n　-n　-ng
既　欢　东　岭　唱
　　-n　-ng　-ng　-ng
复　仁　西　岩　答
　　-m
</pre>

显然，沈约在这里意欲夸大地表现一种鼻音效果（即使我们以普通话诵读此诗，仍然可以体会到这样的鼻音效果）。更有趣的是，

沈约在每句句末的音节之间刻意交替使用鼻音与声门塞音"-p"
(常见于入声音节,具有"直促"的声音特点):

$$
\begin{array}{ccccc}
噭 & 噭 & 夜 & 猿 & 鸣 \\
 & & & & \textit{-ng} \\
溶 & 溶 & 晨 & 雾 & 合 \\
 & & & & \textit{-p} \\
不 & 知 & 声 & 远 & 近 \\
 & & & & \textit{-n} \\
惟 & 见 & 山 & 重 & 沓 \\
 & & & & \textit{-p} \\
既 & 欢 & 东 & 岭 & 唱 \\
 & & & & \textit{-ng} \\
复 & 伫 & 西 & 岩 & 答 \\
 & & & & \textit{-p}
\end{array}
$$

如果我们以粤语诵读此诗,便能清晰地听出"-ng/-n"音与"-p"
音的交替往还,仿佛"往来应答"的山猿啼鸣。换言之,听者只有
在体会到这种交替变化的音声效果后,才能切身感受诗人对猿鸣
声的领会。就此诗而言,"成功"的解读取决于在诗人领会猿声的
过程和声律的构拟这两个层面上的体会;随着诗歌的逐句展开,
二者合而为一,从而最终实现了整首诗声、意、境交融的圆满场
景。不难想象,在沈约的时代,诵读或聆听这首诗必是一段引人
入胜的体验。

　　沈约作品里最常见的"声诗"往往以乐器为主题,这种题材在
早期长于铺排辞藻的赋中普遍可见。沈约描写乐器的诗歌,乍看

来似乎只是高度压缩的赋,然而,这一"压缩"的形式本身即蕴含着一种截然不同而更为精妙的语言艺术。在这方面,以下这首沈约的《咏筝诗》为我们提供了一个很好的范例。与前作相类,这首诗也融入了一个"现场"体验的过程:

咏筝诗①	调式
秦筝吐绝调	A A B D C
玉柱扬清曲	D B A A D
弦依高张断	A A A A C
声随妙指续	A A C B D
徒闻音绕梁	A A A C A
宁知颜如玉	A A A A D

首二句中"绝调"与"清曲"构成了一组反差,而在接着的两句中,随着听者的注意力向演奏者"妙指"的转移,视听的现场感得到进一步的强化。第三句捕捉到凝听者全方位的感官体验:

	弦	依	高	张	断
调式:	—	—	—	—	\
	A	A	A	A	C

句末著一去声"断"字,立时打破了全句持续的平声调型。在这一特殊的声调组合中,读者不仅能够"听"到筝声骤断,甚至能"看"

---

① 逯钦立辑校:《先秦汉魏晋南北朝诗》,第 1656 页;另参 Mather, *The Age of Eternal Brilliance*,1:125。

到并通过诵读过程中口型的变化"感觉"到演奏者"妙指"与筝弦的脱离。沈约这种夸张的声音组合一直延续到诗的末联：

$$\begin{array}{ccccc} 徒 & 闻 & 音 & 绕 & 梁 \\ — & — & — & \diagdown & — \\ A & A & A & C & A \\ 宁 & 知 & 颜 & 如 & 玉 \\ — & — & — & — & \diagup \\ A & A & A & A & D \end{array}$$

调式（第一句）：— — — ＼ —
A A A C A
调式（第二句）：— — — — ∧
A A A A D

与前例相同，上述两句也各自包含一个非平声音节，回应了第三句中的音声效果。相传，孔子曾被齐国的韶乐深深吸引，以致三月不知肉味。① 而此处，诗人也在末句宣称其"不知"弹筝女子有着如玉的美貌。诗人这里所说的"不知"，是全神关注弹筝表演而达到的境界，这"不知"的一刻实际上是"知音者"的自我体现。由此，"知音"的双重内涵（"知乐音"与"知诗音"）在这首诗里得到了完美的展现。

王融的一首表现琴室场景的诗歌进一步发展了"知音"的双重内涵。在此诗中，诗人仅仅是身处于琴室，便"听"到了乐音：

移席琴室应司徒教②	调式
雪崖似留月	D A B A D
萝径若披云	A C D A A
潺湲石溜写	A A D C B

———————————————

① 《论语注疏》，卷7，第89页，《十三经注疏》版。
② 逯钦立辑校：《先秦汉魏晋南北朝诗》，第1404页；另参 Mather, *The Age of Eternal Brilliance*，2：369。

绵蛮山雨闻　　　　　　　ＡＡＡＢＡ

不同于前一首沈约诗，王融这四句①并非描写音乐演奏的场景，而是对于音乐的一段冥想：琴室之中，也许有鼓琴之声，也许完全没有乐音，但诗人身处其中，便邂逅了一系列的自然景象。在首联里，诗人脑海中呈现出两个（或可理解为四个）无声的意象。动词"似"与"若"，皆可作"相像"或"仿佛"解，显示出一种虚幻的特质，表现出诗人对自己"所见之象"似有似无的不确定感。到了第二联，诗人于"所见"之外更有"所听"，可见冥想在这里愈加深入。随着诗歌意象由无声向有声转化，其音节上的反响效果也展演开来：

潺　　湲　　石　　溜　　写
-an　　-an

绵　　蛮　　山　　雨　　闻
man　man　-an　　　men

上句的首两个音节"潺湲"（*dzran ghwan*）为叠韵词；它们与下句对应位置的双声词"绵蛮"（*man-3by man-2a*）相匹配。不仅如此，这两组连绵词中的四个音节都有鼻尾音，通过"*-an*""*-an*""*man*""*man*""*-an*""*men*"等鼻音的交互共作，语音、乐音与自然界的声音一齐涌现，创造出一个异常丰富而令人动容的审美体验。在一首描写听友人鼓琴的诗歌中，谢朓也营造出了类似的音

---

① 值得注意的是，这四句很可能是一首长诗中仅存的残句。

声效果①：

萧	瑟	满	林	听
	-n	-m	-ng	

轻	鸣	响	涧	音
-ng	-ng	-ng	-n	-m

这里连续的鼻尾音"-n""-m""-ng""-ng""-ng""-ng""-n""-m"唤起了各种声音意象。它们是语音音节间的相和共鸣，是瑟瑟风声与潺潺涧响，也是友人琴弦之间流动的乐音。永明诗人的"声诗"说明真正的"知音"之人，亦是深谙"听"道之人，他们不仅用耳，更用"心思"去聆听。

"精"

尽管我们今天说话和阅读的方式已经与沈约时代的宫廷诗人截然不同，但根据我们今天的读诗体验（如我们读美国当代诗人 Natasha Trethewey 的"Myth"②）而去想象永明诗人"吟研"诗歌的情形也未尝不可。虽然随着时空的变换，我们为一首诗的音声所触动，其背后可能有着不同的意涵，但诗对人的这种触动和吸引却是超越时空的普遍经验。"精"，也许是一个看似平常的词

---

① 谢朓：《和王中丞闻琴》，收入逯钦立辑校：《先秦汉魏晋南北朝诗》，第 1447 页；另参 Mather, *The Age of Eternal Brilliance*, 2：156。

② Natasha Trethewey, *Native Guard* (Boston：Mariner, 2007), 14. 这是我个人很喜欢的一首诗，有一次，在聆听诗人诵读此诗后，我完全被吸引，甚至到了近乎"不知肉味"的状态。

语,沈约却坚持用"精"这个词描述他所追求的"协韵之音",其著述里也特别阐释了"精"的概念。如前文所论,沈约在其著《宋书·谢灵运传论》中提出,早期诗人的"高言妙句",是"音韵天成"而"匪由思至"。[1] 当他的这一主张受到年轻后辈陆厥的反驳时,沈约进一步提出:"韵与不韵,复有精粗。"[2]对沈约以及当时的其他"知音者"而言,"精""粗"之别,即使只体现在对一个音调的微妙调配上,也具有根本性的意义。他向陆厥反复陈说了这样的观点:一个真正"知音"的诗人,不会在其创作中,时而"律吕相调",时而却又"音律顿舛"(沈氏在此引曹植[192—232]和陆机为例);正如一个高明乐师的演奏需要做到"美恶研蚩,不得顿相乖反"一样。[3] 通过一种自觉、专注而持续的"思"之过程,诗人方能从最精细、最微妙的层面上领会音声,从这个角度,"精"不仅是"会声"的结果,也直接体现了思维的运作过程本身。因此,我认为沈约的确持有一种"刻意人工胜于自然天成"的观念。[4] 然而,究竟是怎样的识见与视角促使沈约公然抵制传统上对"雕虫篆刻"的成见,并大力主张一种与感官认知密切联系的、"重思求精"的诗学观念呢? 这里,我们再一次看到了佛教的影响。

在另一个语境下,沈约亦谈到了"精""粗"之别:"自凡及圣,含灵义等,但事有精粗,故人有凡圣。"[5]这一论断见于《神不灭

---

① 沈约:《宋书》,卷 67,第 1779 页。

② 萧子显:《南齐书》,卷 52,第 900 页。

③ 同上。

④ 马瑞志在评价沈约与陆厥的往来书信时指出:"在对以往诗歌的严厉批评中,沈约对音韵天成的贬低未免显得有些狭隘,仿佛刻意的人工雕琢胜过了自然天成。"见 Mather, *The Poet Shen Yüeh*, 51。

⑤ 沈约:《神不灭论》,收入高楠顺次郎、渡边海旭编:《大正新修大藏经》,卷 52,第 253c 页。

论》，是沈约就"神不灭"的佛学命题而创作的数篇论议之一。①
正如第一章所论，沈约是"神不灭论"的积极拥护者，他在此试图
解释既皆"含灵"，为何"圣人"得存永世，而"凡人"终归寂灭的问
题。据他所论，个中差异系于一个"精"字。在前一章的讨论里，
我们谈到，"精"是通过将认知导向不断微观化的层面，从而使修
行者经历一个"知"的渐进式累积，并最终达至空境的过程。这种
齐梁时期对佛教思想的阐释与沈约及其同仁对诗歌"精炼音声"
的主张表现出明显的相通性。在思维能力的层面，时人所推重的
是能够将声音通过精微的解析而辨明四声；并且能够在一股语音
流中精准地捕捉到单个音节的音调。这些追求，恰恰契合着第一
章里探讨的沈约对佛教"念"这一范畴的论述，他指出，对佛教修
行者而言，最重要的思维活动是在念念相续的思维流中捕捉单独
的"一念"，从而摆脱混杂纠纷的无序状态。与此相关，还有一点
值得我们注意：在致王筠的一封书信中，沈约谈到自己对王筠诗
歌"叹服吟研"的过程，使自己获得了"周流忘念"的体验。根据沈
氏本人论议中对"念"的分析，这一"忘念"的状态，最终将导向"兼
照"的境界。由此可见，沈约的诗歌声律主张，并不单纯是通过新
的声律知识重塑文化理想，它同时反映了佛教观念在创作形式和
阅读接受上影响了诗歌，并在根本层面上转化了旧的文化理想。

　　沈约和当时宫廷诗人"精炼"诗歌声律的佛教背景还可以从
另一个角度考察，即当时的佛教论著与修行似乎提供了可与"雕
虫篆刻"之见相抗衡的理论与实践的根据。在这方面最有代表性
的莫过于著名的"知音"者，同时亦是虔诚佛教徒的周颙。在与道
教徒张融（444—497）的一次激烈论争中，周颙论道："佛教所以义

---

① 关于这场论争的背景，见 Mather, *The Poet Shen Yüeh*，136，142 - 145。

夺情灵,言诡声律。盖谓即色非有,故擅绝于群家耳。"①"色"(梵语转写:*rūpa*)意为"非有",由于其是"因"(梵语转写:*hetu*)、"缘"(梵语转写:*pratyaya*)聚合的结果,故其本身是空无自性的。尽管对"色"的阐释和论证方法成为影响整个中国中世佛教史的重要而棘手的课题,但讨论这一范畴往往需要追溯到它的一位早期倡导者——支遁(314—366)。② 此处与我们的讨论密切相关的是周颙将声律以及其他形式的技艺引入了对"色"的论述中。从他论佛教的"言诡声律",我们联想到相关的中古文献对佛徒颂经"微妙音声"的描述,如释慧皎《高僧传》中记载诸经师的条目③里,有一条就描写昙迁(活跃于 445 年前后)"巧于转读,有无穷声韵"④。也许在初时,中国的听讲僧众确如梅维恒所述,对那些出身于印度-伊朗语族的佛教经师诵读和吟唱佛经的传统毫无认识,甚或被其精严细致又郑重其事的颂经方式引得目眩神迷,但当佛教在中国发展到了早期中古的时代,必然已培养出许多中国本土的经师,他们完全有能力以同样精细严谨的方式来校讲汉语诵读中的声律。⑤ 在这样的背景下,我们有必要引述另一条体现周颙"知音"特质的材料:

---

① 这里我根据李善注,训"诡"为"变",见萧统编:《文选》,卷 50,第 2218 页。
② 见汤用彤:《汉魏两晋南北朝佛教史》,第 179—184 页。
③ 见高楠顺次郎、渡边海旭编:《大正新修大藏经》,卷 50,第 413b—415c 页;另见 Mair and Mei, "The Sanskrit Origins of Recent Style Poetry," 382‑388。
④ 见高楠顺次郎、渡边海旭编:《大正新修大藏经》,卷 50,第 414a 页。"转读"意为诵读佛经,见《大正新修大藏经》,卷 50,第 415b 页。
⑤ 见 Mair, "Buddhism and the Rise of Written Vernacular in East Asia: The Making of National Languages," *JAS* 53. 3 (1994):719。关于梵乐传统与佛教诵经间的关系,见 Rowell, *Music and Musical Thought in Early India* (Chicago: University of Chicago Press, 1992)。

> 颐音辞辩丽，出言不穷，宫商朱紫，发口成句。①

汤用彤阐释道："即色非有，则不外有，亦不外无。"②从不同的角度看，"色"甚至可解作"真实"，是达至"空"的必经之途。永明时期，佛教在中国正经历着"二谛"理论（"真谛"以一切假名皆空；"俗谛"不以一切假名为空）的生成和"第三义谛"的萌芽，因此，永明诗人从更加灵活、更加多样的角度去理解"色"也就不足为奇了。③ 即使不论其他，"即色非有"的观念也至少帮助永明诗人摆脱了对诗歌形式与技巧的偏见。周颐和沈约公开地、积极地追求"精炼音声"之举，使前者获得了"巧言智者"的声誉，亦为后者赢得了"当世词宗"的令名。可见，他们已经卓有成效地将时风引离了传统对彰显艺术技巧的贬抑。

佛教对中古时期重新思考艺术形式与技巧产生了重要影响的这一论点，并不足为奇。然而，佛教在这方面的影响究竟体现在哪里，却是一个极其丰富而又极易被忽视的问题。本章关注的不是那些在内容上直接阐发佛理的诗歌，而是永明诗人在创作与阅读过程中所蕴含的微妙而又深刻的佛教视角。他们曾经亲历的作诗读诗的过程已被历史淹没，而今人唯有从其留下的众多"无声文本"④中，去寻觅微存的残迹。对齐梁时期的宫廷诗人而言，作"声诗"、读"声诗"是他们在君主和同僚之间寻求价值认同与卓越名位的最直接、切实也最自然的途径。以今天的视角来

---

① 萧子显：《南齐书》，卷 41，第 731 页。
② 见汤用彤：《汉魏两晋南北朝佛教史》，第 540 页。
③ "第三义谛"的信徒寻求对"二谛"的吸收与超越。见汤用彤：《汉魏两晋南北朝佛教史》，第 531—542 页；另参 Lai, "Further Development of the Two Truths Theory in China," 139 - 161。
④ 关于"无声文本"，见第 44 页注①。

看，永明体似乎只是空洞而枯燥的形式技巧而已，但在当时能精炼音声并将之巧妙调配则是诗歌创作上最卓越、最新颖的成就；甚至可以说，对当时的诗人而言，所谓诗，即是声，即是音。去永明时代不远的后世论家以"靡"与"严"来批评他们的创作，其评论虽表现出不满，但主要着眼的仍是永明诗人作诗读诗的过程，针对的是他们严格区分每个音调并精细锤炼四声的做法。然而，随着时间距离的加长，再后来的论者便渐渐遗忘了永明诗人创作与阅读的方式和过程，而仅仅将他们的作品视为"无声文本"，进而生硬地从"规则""声病"等角度来理解永明诗歌的"靡"与"严"。时过境迁，永明诗歌难逃陷入"无声"之境的厄运，而我们对永明诗人及其诗歌创作"有声"或"无声"的想象，却能够带给我们截然不同的阅读经验和理解。在后续的章节中，我们将看到，永明诗歌不但以"声"，还以"色"来挑战我们现今惯有的阅读诗歌的方式。

第三章 所见一物

　　在永明诗人的作品中，最受关注的是他们的咏物诗。这种题材，通常以"咏某某"为题，明确地表现出其观察对象在于一件物品或一个物象，而非山水诗和山水赋所描摹的多元组合景观。"咏物"反映了诗人与单一物象之间的互动经验。尽管早期的辞赋里已经产生了"咏物"这种题材类型，甚至在早期的铭和颂等文体中，也已经出现了状物的片段，但直到永明诗人的大量创作之后，真正意义上的咏物诗才开始流行。这些宫廷诗人为何如此专注于这样一种以短短数句、圆转流易的语言摹状一物的新诗体呢？

　　关于永明时期的咏物诗，一种观点认为：这些诗歌"狭隘的视野"反映出宫廷文人所处的宫苑或文人圈内部安逸舒适的生活环境。① 然而，我们可以追问：永明诗人所描写的事物是否都是宫廷环境所特有的"琐细"而"罕见"，抑或是"人工造作"之物呢？②

---

① Lin Wenyue, "The Decline and Revival of Feng-ku (Wind and Bone)," in Lin and Owen, eds. , *The Vitality of the Lyric Voice*：*Shih Poetry from the Late Han to the T'ang* (Princeton, NJ：Princeton University Press, 1986), 156 - 159. 陈美丽对此提出了不同看法，她不认同"贵族对人工技艺的关心显示其隔绝俗世的心态"这种根深蒂固的观点，而认为"文人集团的领导者将不同背景的文人聚在一起，而他们的艺术则体现出流动性的社会秩序之可能"，见 Chennault, "Odes on Objects and Patronage," 397。

② Chennault, "Odes on Objects and Patronage," 332, 334, 376.

以下罗列了一组永明咏物诗题①作为样本,从中我们足以看到上述以永明咏物诗为"狭隘"的观点其实有待商榷:

    1.《咏青苔》

    2.《咏女萝》

    3.《咏蒲》

    4.《咏池上梨花》

    5.《听蝉鸣应诏》

    6.《侍宴咏反舌》

    7.《咏风》

    8.《咏余雪》

    9.《庭雨应诏》

    10.《同咏坐上所见一物》

    11.《同咏坐上玩器》

    12.《领边绣》

    13.《脚下履》

这些诗题涉及的事物大致可以分为三类:细小的植物、禽鸟或昆虫(前六首),自然现象(中三首),以及日常生活之物(后四首)。②较之前代宫廷的咏物赋中描写的典型对象如"赤鹦鹉"和"舞马"

---

① 逯钦立辑校:《先秦汉魏晋南北朝诗》,第 1652、1404、1451、1403、1655、1657、1452—1453、1453、1469、1652、1653、1436、1656 页。

② 对永明咏物诗所描写的事物更加完整的分类,见網祐次:《中國中世文學研究》,第 160—166 页。

等，这里被摹状的事物显得颇为平凡。① 就以上所列的诗题来看，永明诗人最常选择的吟咏对象其实是自然界的事物或现象。即使是他们吟咏宫廷之物的诗歌，也并非一味强调其"人工造作""雕饰"或"琐细"的一面，亦非一概反映出他们"视野狭隘"的特征。试问：永明诗人的咏物诗如果确是雕饰重重的宫廷环境的反映，那么他们所表现的宫廷又为何会用"反舌鸟"换"赤鹦鹉"，以"一叶"代"一树"呢？

读一叶

诚然，永明诗人的咏物诗的确是一种社交诗歌，因为其中许多都创作于宫廷里的宴会或皇子、文臣举办的雅集等。在现存的永明诗歌中，存在多人同咏一物，或分咏一组多物的内容；也不乏一些标明具体创作场合的诗题，充分印证了其"社交诗歌"的性质。② 因此，这些咏物诗尤其能够展现当时的宫廷环境，从而帮助我们想象永明诗人身处其中的情形。陈美丽指出，通过这些咏物诗，宫廷文人获得了向其君主和同僚展现"个人价值"并寻求认可的一种途径。③ 以此论点为基础，本章将更深入地分析永明诗人通过咏物来展现自我的过程及意义。

"梧桐"是永明诗人偏爱的咏物诗题材。这种树非比寻常，它

---

① 沈约：《宋书》，卷85，第2167、2175页。描写"赤鹦鹉"与"舞马"等对象的赋作，以宋文帝时的宫廷文人谢庄（421—466）的创作为代表，见严可均辑：《全宋文》，卷34，收入其《全上古三代秦汉三国六朝文》，第2625b—2626b页。

② 森野繁夫（Morino Shigeo）将齐梁时期社交场合的诗歌创作活动看作一种文学性游戏。见森野繁夫：《梁の文学の游戯性》，《中國中世文學研究》，1967年第6辑，第27—40页。

③ Chennault, "Odes on Objects and Patronage," 331 - 398.

"开星形的黄绿色花,并散发出淡雅的芬芳,具有很高的观赏价值"①,而其木质又是上佳的古琴材料;此外,相传梧桐是凤凰和大鹏一类的神鸟选择的栖息之所,故此树又有"凤凰树"的美称。② 尽管如此,沈约和谢朓咏梧桐的诗,却并未涉及上述的任何优越特点。反之,他们题为"咏梧桐"的诗低调而含蓄。我们若想从中领会到他们咏物的真正用意,就不能脱离他们身处的宫廷环境,更需要考虑他们如何应对宫廷中复杂多变的政治关系。

身处宫廷环境中,察言观色的能力是至关重要的,它与个人的仕途成败甚至身家性命都息息相关。根据一种说法,王融之死的主要原因正是他本人的失于观察。王融于永明末年在政争中被杀,而南齐的这场政治危机暴露了当时宫廷里最为严酷的一段历史。493 年 2 月 2 日,齐文惠太子抱病而薨,宫中随即爆发了一场激烈的储君争位。7 月,病重的齐武帝诏命竟陵王萧子良及其侍卫入殿陪侍。当时任职于竟陵王幕下的王融,被新任命为宁朔将军,总领宫内守卫之职。至第三十日,武帝病笃而不省人事。趁此时机,王融命令守卫将有能力竞争王位的郁林王(萧昭业;473—494)拦截在宫外,并欲矫诏立竟陵王为帝。然而随着武帝重新醒转,王融不得不取消了计划。后来郁林王及其拥护者萧鸾(后来的齐明帝,于 494—498 年在位)很快掌握了大权。在郁林王即位后不久,王融便被处死。③

时人对这起事件的各种评论比事件本身更具揭示性。据《南

---

① Mather, *The Poet Shen Yüeh*, 102.

② 麦大伟(David R. McCraw)考察了中国诗歌里的"梧桐"意象,见 McCraw, "Along the Wutong Trail: The Paulownia in Chinese Poetry," *CLEAR* 10.1 (1988): 81 - 107。

③ 萧子显:《南齐书》,卷 40,第 700 页,卷 47,第 823 页;李延寿:《南史》,卷 21,第 577 页;司马光撰,胡三省注:《资治通鉴》,卷 138,第 4332—4333 页。

史》载,当时的太学生虞羲与丘国宾①之间便对此有过一段议论,二人"窃相谓曰":"竟陵才弱,王中书无断,败在眼中矣。"②其实,"败在眼中"的说法,恰恰形象地揭示出王融致命的错误,即对"眼中"世情的视而不见,以致错误地估计了竟陵王和他自己的能力。根据后续的记载,王融在事败后,得知竟陵王终向郁林王和萧鸾俯首称臣,曾失望地叹道:"公误我。"③可想而知,当身陷囹圄的王融求救于竟陵王,而后者却"忧惧不敢救"时,王融该是怎样的绝望。④

也许王融终于还是看到了别人早就看在眼中的竟陵王和他自己,但这份迟来之见已于事无补。他策动的这场政变,带来了难以估量的严重后果:当时的另一位太学生魏准,因为支持王融的政变而在事败后被刑讯,"遂惧而死,举体皆青";次年,年仅三十五岁的竟陵王本人据传因病而薨;其文学圈中的成员则风流云散,其中沈约在变乱前后离开了京城而赴任东阳。⑤ 谢朓则因当时正在随王萧子隆幕下任职,身处荆州而幸免于难,但几年后,因卷入另一场宫廷政争而遭遇了和王融一样被诛的命运。

在永明时代的重要人物中,萧衍成了最后的"赢家"。与王融一样,萧衍在齐武帝病重时,受竟陵王之命守卫皇宫。但他清醒

---

① 虞羲和丘国宾的简传,见李延寿:《南史》,卷59,第1463页。
② 李延寿:《南史》,卷21,第578页。
③ 萧子显:《南齐书》,卷47,第823页;李延寿:《南史》,卷21,第577页。
④ 萧子显:《南齐书》,卷47,第825页;李延寿:《南史》,卷21,第578页。关于王融参与政变的情况,见刘跃进:《门阀士族与永明文学》,第36—39页。
⑤ 李延寿:《南史》,卷21,第578页;萧子显:《南齐书》,卷40,第701页。根据《梁书》本传,沈约在493年末动乱后,于494年离京赴东阳,见姚思廉:《梁书》,卷13,第233页。但据其他一些史料,沈约可能早在493年春就已离京,见 Mather, *The Poet Shen Yüeh*, 88-89。

地看到"立非常之事,必待非常之人,融才非负图,视其败也"①,因此拒绝参与王融的政变,而坐观其败。讽刺的是,502 年,萧衍在沈约和范云的辅佐下登上帝位,却反过来证实了王融早年作出的"宰制天下,必在此人"的预言。② 尽管王融没能活着看到自己的预言成真,但萧衍的称帝早已在其眼中。

回到前文所述的"梧桐",当永明诗人面对一株梧桐树时,他们究竟看到了什么呢? 沈约的一首《咏梧桐》带我们回顾了一个更加古老的故事。

咏梧桐③

秋还遽已落,春晓犹未萋。

微叶虽可贱,一剪或成珪。

诗的末句用《史记》中的典故。年轻的周成王(一般认为其在位时间为前 1115—前 1091 年)削梧桐叶为珪,将其赠给弟弟叔虞,并戏言道:"以此封若。"后来当大臣史佚提请择日册封叔虞时,成王却说:"吾与之戏耳。"史佚答道:"天子无戏言。言则史书之,礼成之,乐歌之。"于是,叔虞终被分封于唐。④ 这里的问题在于,沈约用此典究竟有怎样的寓意呢? 谢朓在其《游东堂咏桐》中,也使用了相同的典故:

---

① 李延寿:《南史》,卷 6,第 169 页。

② 姚思廉:《梁书》,卷 1,第 2 页。

③ 逯钦立辑校:《先秦汉魏晋南北朝诗》,第 1657 页;参考 Mather, *The Age of Eternal Brilliance*,1:132。

④ 司马迁:《史记》,卷 39,第 1635 页;参考 Mather, *The Age of Eternal Brilliance*,1:132, n2。

　　　　　无华复无实，何以赠离居。

　　　　　裁为珪与瑞，足可命参墟。①

上引沈约诗将珍贵的桐叶描述为"可贱"，谢朓亦状其为"无华无实"，但二人紧接着都调转笔锋，不约而同地揭示出梧桐潜在的价值。由此可见，他们都将观物者的观察能力作为诗歌的核心，强调的是他们洞悉物象之潜力的才能。前述《史记》的故事体现出政治统治的复杂性：原本无伤大雅的玩笑，却有可能造成君王言而无信的严重后果，因此需要采取干预手段来进行补救。在整个事件中，史佚扮演了关键性的角色：作为周成王戏言的观察者，他敏锐地意识到周成王如将"以此封若"一语当作儿戏而不加落实，便会陷入"现实君主"不及"理想君主"的危机，因此他劝谏敦促，终使周成王的态度由戏谑转向严肃。史佚作为清醒的观察者，引导成王步入统治的正途；相应地，史著的作者司马迁（约前145—约前87），作为历史的观察者，则如同史佚之于成王一般，为后世君主担当了引导者的角色。他在记述成王戏言册封叔虞的这段史事时，还添加了一段前引，记载了叔虞出生前，其母"梦天谓武王曰"："余命汝生子，名虞，余与之唐。"②由此，司马迁通过联系所有的线索，圆满地呈现出了叔虞的故事，并以此向后世君王以及世人昭示：帝王之统，冥冥之中皆循天命，绝非偶然。可见，在

---

① 逯钦立辑校：《先秦汉魏晋南北朝诗》，第 1452 页；参考 Mather，*The Age of Eternal Brilliance*，2：38 - 39。根据孔颖达（574—648）疏，西周的唐国，后改称"晋"，其地属"参之虚域"，其中"参"为"西方白虎七宿"之一，见《春秋左传正义》，卷 47，第 1343 页；另参谢朓著，曹融南校注：《谢宣城集校注》，卷 5，上海：上海古籍出版社，2001 年，第 389 页，注 4。马瑞志则将"虚"解作"北方玄武七宿"之一，与"参"并列，见 Mather，*The Age of Eternal Brilliance*，2：38 - 39，n5。
② 司马迁：《史记》，卷 39，第 1635 页。

戏言玩笑和微妙梦兆之间,唯有史佚和史迁所表现出的敏锐的观察和智慧方能确保皇统和历史都不离正途。至此,我们看到了沈约和谢朓二诗用此典故的真正意图:他们本为咏梧桐,却通过用典而将吟咏的重心落在一片梧桐叶的丰富意涵上,同时他们自己则以典故中史佚所代表的敏锐的观察者和阐发者自居。二人熟知史事、善用典故的能力自然毋庸置疑,然而,这里的不同寻常之处在于他们能够将典故中原本微末的"梧桐叶"这一细节放大,从而直接服务于自己的咏物诗创作。史佚和史迁的例子已经充分说明,调整视角,并从中意会出新的意义和价值,这样的能力,有赖于对语言、行为,甚至天兆的敏锐观察;而到了永明宫廷诗人的笔下,这一观察过程则被巧妙地蕴藏于一叶之中。

在充斥着各种微妙关系的宫廷文化中,即使是最细小的事物也不能被简单地视为无足轻重。这里,问题的关键并不在于事物本身渺小与否,而在于一个人是否有能力揭示出看似渺小的事物背后的深意。正是在这个意义上,永明诗人笔下的轻细微小之物变得灿然可观。其实,永明咏物诗真正要表现的,并非事物外观上的微小,而是其微小的外观可能引起的忽视和曲解。如沈约曾应诏咏"鸣蝉";谢朓在一次雅集中,曾与众人竞咏"坐上所见一物";王融亦曾在诸多事物中,偏偏执着于咏"女萝"。在他们所处的宫廷环境中,事物的意义往往是隐藏的,而其价值又是不确定而可协商的。这些宫廷文人必须时刻进行密切的观察,方能确保自己不错失眼前的任何迹象征兆。一片看似与周遭秩序格格不入的树叶,通过他们的观察而被揭示后,却成为统治秩序的征象;而在他们充分地展现出这一叶的潜力的同时,他们自身的潜能也得到了彰显。齐武帝曾将沈约、王融与幸臣刘系宗相比,以讥讽的语气说道:"学士辈不堪经国,唯大读书耳。经国,一刘系宗足矣。沈约、王融数百人，于事何用。"①如同一片轻微的叶子，永明文人的有"用"与否随时都可能受到质疑，因此为了说服君主及旁人，他们必须淋漓尽致地表现自己的"用处"。

"形似"

在永明诗人的咏物诗中，观察微妙的征象还有另一层含义：它关系到"见"作为行动本身的意义。以往的相关研究探讨了这些咏物诗里的"描写模式"，或者更确切地说，其"细节化写实"的描摹方式，并将之与谢灵运山水诗所代表的"形似"描写美学相联系。② 在前人已阐发的"体物"概念的基础上，齐梁之际的文论家如刘勰（约465—532）更进一步地论述了"形似"的概念。③ 永明诗人亦以一种新的方式诠释了何谓"形似"的问题。

我们应当如何看待物与物之间的形似呢？唐代的笔记《酉阳杂俎》记载了南梁入北的宫廷诗人庾信的一则轶事，并借庾信之口提出了如下的问题：

> 庾信谓魏使尉瑾曰："我在邺，遂大得蒲萄，奇有滋味。"陈昭曰："作何形状？"徐君房曰："有类软枣。"信曰：

---

① 李延寿：《南史》，卷77，第1927页。

② 见 Kang-i Sun Chang, *Six Dynasties Poetry* (Princeton, NJ: Princeton University Press, 1988), 123 - 124; Chennault, "Odes on Objects and Patronage," 331 - 332. 关于谢灵运山水诗的描写美学，见 Sun Chang, *Six Dynasties Poetry*, 47 - 73.

③ 关于"体物"的一段著名表述来自陆机的《文赋》，收入萧统编：《文选》，卷17，第766页。其中有"诗缘情而绮靡，赋体物而浏亮"句。

"君殊不体物,何得不言似生荔枝?"①

显然,"软枣"②这一形象,与庾信认知中的"蒲萄"相去甚远,反倒是"生荔枝"③,才有滋有味地唤起了他脑海中的"蒲萄"的形象。这则故事说明"体物"的关键,在于使人产生一种仿佛亲眼看见所指物体的经验,而并非直接将相似之处摆在他人眼前。下面的一段引文是刘勰对"形似"的阐发:

> 自近代以来,文贵形似。窥情风景之上,钻貌草木之中;吟咏所发,志惟深远;体物为妙,功在密附。故巧言切状,如印之印泥;不加雕削,而曲写毫芥。故能瞻言而见貌,即字而知时也。④

印泥原是无具形的,经过"压印"的过程,才显出了印章之形,这正如以"巧言"作用于文字,方能使后者由"无状"变为"有状"。无论对诗人,还是对读者而言,这都是一个转化的过程,即通过"瞻言""即字"而达到"见貌""知时";舍此过程,则遑论"貌",亦无所谓"知"。诗人的视域往往决定了事物呈显与否。在下面的故事里,沈约道出了实现"形似"的过程:

---

① 段成式:《酉阳杂俎》,卷 18,第 5a 页,《四部丛刊》版。"尉瑾传"见李百药:《北齐书》,卷 40,北京:中华书局,1972 年,第 527 页。关于陈昭,只知其是南朝梁人;而徐君房的资料则更少。

② 关于"软枣",《汉语大词典》引高士奇(1645—1704)注曰:"味甘而软。"

③ 孔稚珪(447—501)在一篇《谢赐生荔枝启》中,用"绿叶云舒,朱实星映"描写生荔枝,见严可均辑:《全齐文》,卷 19,收入其《全上古三代秦汉三国六朝文》,第 2899b 页。

④ 刘勰著,詹锳义证:《文心雕龙义证》,上海:上海古籍出版社,1999 年,第 1747 页。参考 Owen,*Reading in Chinese Literary Thought*,282 - 283。

　　约于郊居宅造阁斋，镂为草木十咏，书之于壁，皆直
写文词，不加篇题。约谓人云：“此诗指物呈形，无假
题署。”①

沈约之语精准地界定了永明体的“形似”的概念：诗歌在转向“指
物”的一刻，即使物“呈形”。换言之，永明诗人笔下的物态并不只
肖似真实，更是因为被吟咏于诗而变得真实。

正在发生——实时所见

　　永明诗人在摹状事物时，面对着诸多的考验。沈约曾在一次
随侍皇帝的宫廷场合中，被诏命以“细雨”为主题赋诗一首。这首
应诏诗如下：

庭雨应诏②

出空宁可图，入庭倍难赋。

非烟复非云，如丝复如雾。

霢霂裁欲垂，霏微不能注。

虽无千金质，聊为一辰趣。

沈约被命此题并非单纯因为时逢细雨，他在诗的前两句便直接点
明：细雨，是一种无论用色彩还是用语言，都极难图状之物；更何
况这里诗人面对的是已经“入庭”的“细雨”，它近在眼前，其确切

---

① 姚思廉：《梁书》，卷33，第485页。
② 逯钦立辑校：《先秦汉魏晋南北朝诗》，第1649页。参考 Mather, *The Age of Eternal Brilliance*, 1：111。

存在的事实不容否认。前人将沈约此处对细雨的描写理解成一种近于"连续否定"(negative litany)的方式,认为其"拒绝了一个又一个的意象"。① 这个论点有待商榷。其实,沈约在诗中是以"连续肯定"的正面描摹,捕捉到了细雨不断变化的本然样态。沈约善于巧构微小事物活动变化的能力也体现在下引的另外两首诗中:

微根如欲断,轻丝似更联。②

夜雪合且离,晓风惊复息。③

此外,谢朓也有类似的描写:

垂杨低复举,新萍合且离。④

这些诗句所表现的是事物从一种形态转化为另一种形态的情状,如同一个正在发生着的事件。沈约所咏的"庭雨"亦是如此,它正发生于观者的眼前,不断呈现和变换着各种形态。在以巧妙的描写解决了摹状庭雨的难题之后,沈约末了却以"聊为一辰趣"的轻松语气作结。这一富有趣味的结语其实反映了当时宫廷文化的另一面,即时人对"怎样看才对""如何见才真"具有一种游戏性的

---

① Chennault,"Odes on Objects and Patronage," 333.
② 沈约:《咏青苔》,见逯钦立辑校:《先秦汉魏晋南北朝诗》,第 1652 页;参考 Mather, *The Age of Eternal Brilliance*,1:119。
③ 沈约:《咏雪应令》,见逯钦立辑校:《先秦汉魏晋南北朝诗》,第 1645—1646 页;参考 Mather, *The Age of Eternal Brilliance*,1:139。
④ 谢朓:《咏风》,见逯钦立辑校:《先秦汉魏晋南北朝诗》,第 1436 页;参考 Mather, *The Age of Eternal Brilliance*,2:32。

好奇。

谢朓诗歌的基调从来都不轻松，即使是他的咏物诗，也往往语带忧郁。然而，这却丝毫不减谢朓对现象世界充满好奇的观察。例如，在下引的一首诗里，他不仅注意到了无人"肯盼"的蔷薇，更细切地观探此"薇（微）丛"：

咏蔷薇①

低枝诓胜叶，轻香辛自通。

发萼初攒紫，余采尚霏红。

新花对白日，故蕊逐行风。

参差不俱曜，谁肯盼薇丛。

蔷薇这种植物在今天仍然很常见，它有着淡淡的香气和细小的茎刺，其小巧的花瓣呈现出深粉至白等多种颜色。通过展示花丛中各种各样正在发生的细节，谢朓旨在为蔷薇"辩白"。他的诗如同一个舞台，台上"故蕊"和"新花"你方唱罢我登场，一切都在实时上演。下面的一首诗里，谢朓的视线转向一丛竹，他再一次注意到了"故箨"：

咏竹②

窗前一丛竹，青翠独言奇。

南条交北叶，新笋杂故枝。

---

① 逯钦立辑校：《先秦汉魏晋南北朝诗》，第 1451 页；参考 Mather, *The Age of Eternal Brilliance*，2：34。

② 逯钦立辑校：《先秦汉魏晋南北朝诗》，第 1436 页；参考 Mather, *The Age of Eternal Brilliance*，2：33。诗中"黄口"一词，指幼鸟。

月光疏已密，风来起复垂。

青扈飞不碍，黄口得相窥。

但恨从风箨，根株长别离。

　　谢朓视线里的竹，同样展演着其内部正在发生的各种现象。尽管此诗的初衷是表现窗前竹丛之"奇"，但是当谢朓看到从风凋落的"故箨"时，他又落入了一种伤感的基调。如果说"从风箨"是丛竹生长必须付出的代价，那么，谢朓因为有能力观察到这一微妙的现象，也付出了伤感的代价。

　　值得一提的是，永明诗人观察微细事物的方式有一种"停留"和"穿透"的特点，这与传统咏物将视野由微小事物而极力向外延展的方式截然不同。在此，我们不妨将西晋张华的《荷诗》与沈约的同题之作进行比较对读，来进一步分析其差异。中国诗学传统里的"荷"，往往伴随着朱华盛放、照影水中、光耀玉池等华丽的景象：

荷诗①

荷生绿泉中，碧叶齐如规。

回风荡流雾，珠水逐条垂。

照灼此金塘，藻曜君玉池。

不愁世赏绝，但畏盛明移。

张华此诗第五句"照灼此金塘"正表现了上述传统的"荷"之意象：

---

① 逯钦立辑校：《先秦汉魏晋南北朝诗》，第 622 页。正如逯注，这首诗在有些选集中被归入鲍照名下。

同时，这一句也交代了张华"遇"荷的背景：适逢荷开之季，诗人受大自然之邀，前往园池赏荷。面对荷塘，张华的视野向外展开：他先是观赏着荷本身；继而将注意力移向周围的环境，如"垂条"便暗示着塘边所植的垂柳一类的树木；最后他的视线落在"金塘""玉池"的整体景象上。与之相反，沈约笔下的荷，却没有这样华美的景象：

咏新荷应诏诗①

勿言草卉贱，幸宅天池中。

微根才出浪，短干未摇风。

宁知寸心里，蓄紫复含红。

在这里，荷尚未盛开，无花可观。显然，沈约在这首应诏诗中面临的考验，是要代这些宅于帝苑天池中却毫不起眼的新荷致歉。他首先坦承了这些新荷有违美观的外形，如实地描写了其初露于水面的"微根"和"短干"；接着，转而提出了一个关于"知"的反问。在新荷的"寸心"里，隐藏着另一番景象；而沈约之所以能"穿透"这细小的植物，靠的并非他肉眼的视线，而是他的"知"的视觉。通过"知"，沈约将自己和读者的视象引入平常难以察见的微观世界，甚至获得了一幅近乎童稚的图像：小小新荷的"寸心"里"蓄紫""含红"。这幅异常简单却又异常真实的图景预示着这些正在生长变化中的细小新荷，其最终的蜕变，是值得期待的。

张华和沈约各自的咏荷诗其实都是站在皇室忠诚得力的辅

---

① 逯钦立辑校：《先秦汉魏晋南北朝诗》，第 1655 页；参考 Mather, *The Age of Eternal Brilliance*, 1：121。

臣角度来抒写。在其诗的最后几句里,张华的"视线"移向更远处:他脑海中浮现出主君的"玉池",而他自己也就如同池中之荷,难保是否会继续得到其主的"观赏"。张华诗所呈现出的这种无法集中观荷的不定视角正反映出诗人烦扰的内心:作为一个宫廷文人,虽然尽职勤力,却也总是惴惴不安。到了沈约诗中,盛开的池荷被不起眼的新荷取代,随之而来的,是一种带有游戏性而又令人耳目一新的崭新的活力。在下引的另一首咏物诗中,王融透过敏锐的观察,也给不起眼的"女萝"赋予了新意:

咏女萝①

羃羃女萝草,蔓衍旁松枝。
含烟黄且绿,因风卷复垂。

同"细雨"一样,"女萝"②也是难以定形之物;它以丝状的藤蔓缠绕着树的枝干而绵延不断地生长。诗人在此专注凝观,将视线停滞延留在女萝上,因而看清了它变化的过程,"含烟黄且绿,因风卷复垂"。可见,虽然永明诗人的咏物诗在根本上如同张华的《荷诗》,表达的是一种渴求君主赏遇的愿望,但他们采取了截然不同的观物方式;相较于张华移动不定的视线,他们以凝注、深入的视角打开了新鲜、敏锐、充满新奇的视觉世界。

---

① 逯钦立辑校:《先秦汉魏晋南北朝诗》,第 1404 页;参考 Mather, *The Age of Eternal Brilliance*,2:450。

② "女萝",又名"兔丝"。和"水萍"一样,这种植物常被用来表现"寄"的状态。如江淹(444—505)《古离别》中,就有"兔丝及水萍,所寄终不移"句,见萧统编:《文选》,卷 31,第 1453 页。江淹此句,表示"忠诚"之意。然而产生并流行于三世纪的成语"兔丝燕麦",则表示"有名无实"之意,见魏收:《魏书》,卷 66,第 1472 页。

幻象之见

如何观物无疑是一个复杂的问题。当我们面对一物时,是应该维护其价值,还是质疑其真实性? 在前述的《咏蔷薇》一诗中,谢朓对蔷薇丛里同时包裹着"故蕊"和"新花"的观察隐含着关于生死循环的更深层的意涵;而同样在上论的谢朓《咏竹》诗中,对"新笋""故枝""从风箨"的描写也有着如是的寓意。下引的这首谢朓讲论佛理的诗歌,则更直接地从佛教的角度来阐释生死轮回:

> 沉沉倒营魄①,苦荫蹙愁肠。
> 琴瑟徒烂熳,娇容空满堂。
> 春颜邈几日,秋垄终茫茫。
> 孰云济沉溺,假愿托津梁。②

在这首诗中,谢朓本于"苦"(梵语转写:*duḥkha*)和"荫(阴)"(梵语转写:*skandha*)两个概念来审视人生的问题。其中,"苦"是一种被困于无尽轮回(梵语转写:*saṃsāra*)的状态;"荫(阴)"则是构成自我之"象"的五种人格要素③。换言之,谢朓诗中忧郁感伤的基调不仅如论者常指出的,反映了他的性格特点和现实

---

① 在此,谢朓引《老子》语:"载营魄抱一,能无离乎?"见《道德经》,第十章,《诸子集成》版。
② 谢朓:《秋夜讲解》,见逯钦立辑校:《先秦汉魏晋南北朝诗》,第 1435 页;参考 Mather, *The Age of Eternal Brilliance*, 2:12 - 14。
③ 关于"荫(阴)"的概念,见第 26 页注①。

处境①,同时体现了谢朓从佛教视角对实体世界包括人生的诸般现象的质询。通过这一视角,他看到的世界处于不断的流变中,其任何存在,包括世界本身,都不具有恒常真实之形;而他观察的目的,则是洞悉世界与人生转瞬即逝的本质。包括谢朓在内的永明诗人在描摹物象时,强调的是其变化不断的原本性质,这种观物、识物的角度背后,带有佛教生死轮回观的影响。从此角度出发,诗人的探索越是深入,"视物"的问题也越复杂,但最终依然回到了对物之"价值"的思考。

在下面这首诗里,王融的视线始终追随着一个移动的客体:

咏池上梨花②

翻阶没细草,集水间疏萍。

芳春照流雪,深夕映繁星。

尽管题为咏"梨花",但王融的视线并没有集中于树上的梨花,而是追随着飘落的花瓣。从日间到夜晚,诗人不懈的关注更像是一种冥思,仿佛是在心海中凝神专注着落花。当时同属竟陵王文学圈里的另一位著名文人刘绘(458—502)显然注意到了王融此诗的时间要素。③ 在其和诗中,刘绘紧接着王融原诗收束的时间节点,而继续写道:

---

① 见章培恒、骆玉明主编:《中国文学史》,上海:复旦大学出版社,1999 年,第 386 页。
② 逯钦立辑校:《先秦汉魏晋南北朝诗》,第 1403 页;参考 Mather, *The Age of Eternal Brilliance*, 2:450. 关于此诗的音调构拟,请看本书附录二。
③ 萧子显:《南齐书》,卷 48,第 841 页。

和咏池上梨花①

露庭晚翻积，风闺夜入多。

萦蕖似乱蝶，拂烛状联蛾。

王融所见的"落花"已经具有日间"流雪"和夜里"繁星"的两种不同的形态。而在此诗中，刘绘则通过闺阁女子的视线，展现出落花的另外两种状态：在女子举起灯烛之际，她看到了落花前后的变幻，先是形似"乱蝶"，继而状如"联蛾"。这里，瞬时的变化加剧了"诗中看"本身的问题。在诗人的凝视下，细小的花瓣不仅呈形，更活生生地似有气息。然而，这种凝视之下的物象反倒引发了"何为真"的质疑。

当沈约的视线转向一个女子时，是真是幻也同样扑朔迷离。在下面的引诗中，他通过"忆"来"看"这位女子：

忆食时，

临盘动容色，

欲坐复羞坐，欲食复羞食，

含哺如不饥，擎瓯似无力。

忆眠时，

人眠强未眠，

解罗不待劝，就枕更须牵。

复恐傍人见，娇羞在烛前。②

---

① 逯钦立辑校：《先秦汉魏晋南北朝诗》，第 1469 页。

② 这两首诗（或一首诗的两章）属于一组六首诗构成的组诗（或一首六章诗），现存只有其中四首。见沈约：《六忆》，收入逯钦立辑校：《先秦汉魏晋南北朝诗》，第 1663 页；参考 Mather, *The Age of Eternal Brilliance*, 1：157；Anne Birrell trans., *New Songs from a Jade Terrace：An Anthology of Early Chinese Love Poetry, Translated with Annotations and an Introduction* (London：George Allen & Unwin, 1982), 140-141.

这里沈约的"忆"显然充满了感官娱情的意味。无论是女子辗转反侧的体态，还是其情绪和面部表情的变化，都为包括读者在内的"观者"带来了极大的感官享受。然而，诗中女子连续不断地"变形"却使其存在显得虚幻不实：她以各种姿态浮现在沈约的脑海中，而诗人则极力捕捉着她的"真"形。甚至到了烛前，"她"仍旧试图回避诗人的注视。"娇羞在烛前"之后的事态，读者唯能诉诸想象，但借着诗中闪烁的烛火所映照出的，只有她的躲闪扭捏之态。

在永明诗人的视线下，连无生命的物体都可以呈现出某种变化。这也许是永明咏物诗最有趣的发现，但这同时也使"看"的问题变得更为复杂。下引二诗描写宫廷女子，其着眼点却并不在女子本人，而是在其服饰上。尤其是第一首，沈约在诗题里就已点出了他视线的焦点：女子衣领上的刺绣。

领边绣①

纤手制新奇，刺作可怜仪。

萦丝飞凤子，结缕坐花儿。

不声如动吹，无风自裹枝。

丽色俍未歇，聊承云鬓垂。

这里，诗人几乎目不转睛地观察着刺绣的纹样。在某一刻，他看到的是"萦丝"和"结缕"，一转瞬，眼前却出现了"飞凤子"和"坐花

---

① 这首诗和下引的一首诗是沈约的组诗《十咏》中仅存的两首。逯钦立辑校：《先秦汉魏晋南北朝诗》，第 1652—1653 页；参考 Mather, *The Age of Eternal Brilliance*，1:120-121; Birrell trans., *New Songs from a Jade Terrace*，141-142。关于"花儿"，见 Mather, *The Age of Eternal Brilliance*，1:120, n3。

儿"。纹饰中的鸟与花在他的凝视下活了起来，不但有了动感，甚至最终竟能发声自陈。正如刘绘诗里的落花一样，这里的刺绣纹样也由呈形而变得栩栩如生。① 随着"真"与"幻"的界限逐渐模糊，我们不禁要问：沈约所见之"幻象"，是一时感官的陶醉而产生的错觉，还是在顿然开悟的瞬间对"所见一切皆幻相"的领会呢？② 尽管他的诗语带戏谑，但从其字里行间可以看出，沈约清醒地意识到，刺绣的"丽色"终究会"歇"。这也就意味着他体悟到：一个人眼前所见、心中所想都不是恒久不变的实相。

在他的另一首常被归为"宫体"的诗里，沈约描写了一双女子的丝履：

脚下履③

丹墀上飒沓，玉殿下趋锵。

逆转珠佩响，先表绣袿香。

裾开临舞席，袖拂绕歌堂。

所叹忘怀妾，见委入罗床。

在此，诗人通过一连串的动态来描摹丝履一天的路径——"上""下""转""先""临""绕"。这造成了一种新奇有趣的效果：诗歌所呈现的仿佛不再是观察者的所见，而是客体本身的经验。一时间，作为读者的我们，也似乎遗忘了穿履移步的是一位女子，而观

---

① 在王融《奉和纤纤》一诗中，"绮"上的"鸟"纹也栩栩如生。见逯钦立辑校：《先秦汉魏晋南北朝诗》，第 1406 页；参考 Mather, *The Age of Eternal Brilliance*, 2:457。
② 关于梁代诗歌体现出的佛教"幻与照"概念，见 Tian, *Beacon Fire and Shooting Star*, 211-259。
③ 见第 75 页注①。

察女子足履行动的又是诗人本人。在这一刻，这首诗本身俨然成
了一个幻象。

诚然，永明咏物诗的结尾总有这样的特点："人的因素进入诗
中，而被歌咏的物象也被赋予某种人类的感情。"[1]说得更具体
些，这里所谓的人的因素和感情往往与个人价值之所在和是否见
赏于君主的问题相关。在皇子和君主面前，宫廷文人需要维护、
展现或揭示物象真正的价值，这一点并不稀见，但永明时代宫廷
文化的最独特之处在于：当时的统治者与宫廷文人都将视线投向
细微的、不起眼的甚至是无形的物象；在这些视觉对象身上，他们
一方面看到了价值乃至效用，另一方面也从物象的变换中看到了
一个更加真实，亦更加虚幻的世界。在本章的开始，我提出了下
面的问题：为何这些宫廷诗人会对这样以短短数句、圆转流易的
语言摹状一物的诗体如此专注呢？盛行于当时的《成实论》，以
"如瓶转不止必得住处"的比喻来教导其修行者不断地修持"定"
"止"之心。[2] 永明诗人积极地观察，始终不断地捕捉眼前的各种
物象，这正如"转瓶"一样，以"不止"来寻得"住处"。在当时的宫
廷环境下，"瓶转不止"的比喻也超越了纯粹的佛教意涵。对永明
诗人而言，宗教追求始终联系着政治和其他面向的考量，因此，他
们的视线在捕捉外界征象的同时也在探寻着其自身在社会政治
领域中的"住处"。

---

[1] Tian, *Beacon Fire and Shooting Star*，222. 中译本见田晓菲：《烽火与流星》，第
164 页。

[2] 高楠顺次郎、渡边海旭编：《大正新修大藏经》，卷 32，第 360b 页。

第四章　在园中

　　中古文学里的"园",可以是生长着草木植物的一片户外园地,也可以指一座大规模的庄园。著名的田园诗人陶渊明(陶潜,365—427)经常用"园"字来指称他所耕种的菜园。[①] 而沈约则将其占地三千亩的郊外庄园称作"郊园"。[②] 尽管"园"这一概念的具体所指往往随着诗人的想象而变化,但总体而言,南朝文学里的"园"趋于被描摹成一个可以"归"或"还"的个人空间,标志着个人从官场的隐退及其内心向"真性情"的回归。[③]

　　与前代相比,永明文学更大量、更集中地表现了"园"。继陶渊明和谢灵运而后起,永明文学中"园"的观念明显反映出陶、谢二人的影响。然而,既不同于陶诗里主动归隐、自耕自种的农夫诗人,也不同于谢诗中个性张扬、恣意独行的贵族诗人,永明文学

---

① 陶渊明在其农事诗中经常有对"园林""西园""北园"和"田园"等场所的描写,见逯钦立辑校:《先秦汉魏晋南北朝诗》,第 989—1014 页。关于早期文学中以"园"为"私人空间"的研究,见 Xiaoshan Yang, *Metamorphosis of the Private Sphere*：*Gardens and Objects in Tang-Song Poetry* (Cambridge, MA：Harvard University Asia Center, 2003), 11 - 12。

② Mather, *The Age of Eternal Brilliance*, 1：239.

③ 关于陶渊明诗中"归田园"的思想,见 Tian, *Tao Yuanming and Manuscript Culture*：*The Record of a Dusty Table* (Seattle：University of Washington Press, 2005), 95 - 131。除陶渊明外,谢灵运是南朝另一位全身心退守私园的典型,下文的讨论,亦将涉及谢灵运的作品。

的主体形象是一群积极投身于京邑的文化和政治,却同时受制于此的宫廷文人。所以,在永明文学里,个人空间或私人生活的概念显得尤为模糊。然而,也正是通过作为私人空间的"园"所呈现出的暧昧情状,我们才得以近距离地观察永明宫廷诗人内心的挣扎、敏感的审美表现与精神上的追求。

拒绝"华园"

永明时代的物质文化普遍被视为"奢靡",然而,让我们意外的是,永明诗人笔下的"园"实际上表达了他们对"奢华之园"的批评。汉大赋通过闳侈的笔触描写的皇家猎苑与游宴之园,和以晋代石崇(249—300)金谷园①为代表的富丽精美的私家园林等,都是"奢华之园"的典型范例。到了南朝,谢灵运率先突破传统,开始以一种新的角度来刻画"园",他在其著名的《山居赋》中宣称所赋"非京都宫观游猎声色之盛"②。同样,沈约的《郊居赋》也表达了对盛行于"前世贵仕"之间崇尚"重扃""华阃"的园文化的排拒。③ 所不同之处在于,谢灵运的《山居赋》明确地规避了都城之盛,而集中描写位于浙江始宁谢氏庄园里的山水自然;相较之下,沈约在其《郊居赋》中,虽抵御"奢华之园",却没有表现出企望脱离京邑与宫廷的明显倾向。其实,永明文学的园文化引出了一个

---

① 房玄龄等:《晋书》,卷33,第1006—1007页;卷62,第1679页。石崇在《金谷诗序》中谈到了他的私园,见严可均辑:《全晋文》,卷33,收入其《全上古三代秦汉三国六朝文》,第1651a页。

② 沈约:《宋书》,卷67,第1754页。

③ 见第39页注②。此赋第117—124句为:"伊前世之贵仕,罕纡情于丘窟。譬丛华于楚赵,每骄奢以相越。筑甲馆于铜驼,并高门于北阙。辟重扃于华阃,岂蓬蒿所能没。"见姚思廉:《梁书》,卷13,第238页。

颇有意思却又令人费解的问题:当时的宫廷诗人如何能够在回避都城的浮华文化与权力斗争的同时,却又与宫廷保持着一种深切的关系呢?

从《郊居赋》的内容看,沈约显然在自己的郊野庄园与当时闻名的一座"华园"之间划清了界限。在以下的引文中,沈约描摹了自己曾经辅佐的齐文惠太子的庄园:

> 修林则表以桂树,列草则冠以芳芝。
>
> 风台累翼,月榭重栭。
>
> 千栌捷嶪,百栱相持。
>
> 阜辕林驾,兰枻水嬉。①

字里行间,沈约突出地表现了文惠太子庄园中宏大华美的建筑。结合《南齐书》对文惠太子沉迷于华丽饰物和精美建筑的生动记载,我们可以更好地理解沈约赋中的描写。史载:

> 宫内殿堂,皆雕饰精绮,过于上宫。开拓玄圃园,与台城北堑等。其中楼观塔宇,多聚奇石,妙极山水。虑上宫望见,乃傍门列修竹,内施高鄣,造游墙数百间,施诸机巧,宜须鄣蔽,须臾成立,若应毁撤,应手迁徙。②

《南齐书》亦载,文惠太子死后,齐武帝因东宫的奢侈富丽而大为

---

① 姚思廉:《梁书》,卷 13,第 240 页。

② 萧子显:《南齐书》,卷 21,第 401 页。在《南齐书》同传中,也记载了另一则关于文惠太子沉迷于华美建筑的轶事:他将建造"东田小苑"的计划发展成一项宏大的建筑工程,甚至造成了"观者倾京师"的轰动效应。

光火,下令毁除太子的"服翫"。① 根据这段轶事的另一版本的记述,齐武帝最终售卖了太子的庄园。② 文惠太子是因病而早夭,他的死与他沉迷于侈丽"服翫"的性情毫无关联。但在沈约看来,文惠在"身后"失落其庄园,这与历史上所有的败迹同出一辙,正如他在赋中叹道:

> 踰三龄而事往,忽二纪以历兹。
>
> 咸夷漫以荡涤,非古今之异时。③

如何保全自己在生前身后免于败落,是隐于永明文学的"园"之书写中的一种微妙而深切的焦虑。正如文惠太子的故事所暗示的,导致个人败落最可畏的根源莫如皇帝咄咄逼人的目光。由此,我们或许可以将沈约对"奢华之园"的抗拒,理解为一种明哲保身之举。他没有效法文惠,以"修竹""高鄣""游墙"的遮蔽来防止"上宫望见",而是转向《老子》寻求保身之策:

> 不慕权于城市,岂邀名于屠肆。
>
> 咏希微以考室,幸风霜之可庇。④

显然,沈约对《老子》中"大音希声,大象无形"之道谙熟于心。关于《老子》此语的"希""微"二字,有注家释为:"听之不闻名曰

---

① 萧子显:《南齐书》,卷21,第402页。
② Mather, *The Poet Shen Yüeh*, 200, n100.
③ 姚思廉:《梁书》,卷13,第240页。
④ 同上,第238页。

'希'，搏之不得名曰'微'。"①沈约运用这些观念来表现自己的私宅，从而描绘出一间卸除了重重外饰，仅存抵御"风霜"之基本功能的"室"。然而，沈约的新园所具有的形制并非如此简单。

人野之间

按照谢灵运的说法，居所可以根据其地理位置划分为四种类型：

> 古巢居穴处曰岩栖，栋宇居山曰山居，在林野曰丘园，在郊郭曰城傍，四者不同，可以理推。②

这四类居所可谓各具价值，但谢灵运本人显然对"栋宇居山"的方式最为倾心。③ 不同于谢灵运的选择，永明文学中最有代表性的居所是上述第四类："郊郭城傍"之居。其作品最常勾勒的两座庄园——沈约的"东园"和竟陵王的"西邸"——皆位于城郊。④ 沈

---

① 《道德经》，第四十一章，注 26；另参 Mather, *The Poet Shen Yüeh*, 187, n58。

② 沈约：《宋书》，卷 67，第 1754 页。

③ 正如伊懋可（Mark Elvin）所言，谢灵运的《山居赋》是对位于"杭州湾南岸山脚下"的谢氏家族庄园的理想化描摹，见 Elvin, *The Retreat of the Elephants: An Environmental History of China* (New Haven, CT: Yale University Press, 2004), 335。关于六朝世家大族所建庄园的情况，参见刘淑芬：《六朝的城市与社会》，台北：学生书局，1992 年，第 111—134 页；朱大渭：《魏晋南北朝社会生活史》，北京：中国社会科学出版社，1998 年，第 167—174 页。

④ 在对南朝都城建康的研究中，刘淑芬指出，除了皇帝和太子居于皇宫之内，皇室的其他成员都住在秦淮河北岸豪华的郊野别墅中。在那里，他们与朝中要员及其他富贵显达的家族为邻，过着极为奢华的生活。其如宫殿一般的庄园往往价值数百万。见 Liu, "Jiankang and the Commercial Empire of the Southern Dynasties: Change and Continuity in Medieval Chinese Economic History," in Pearce et al., eds., *Cultural and Power in the Reconstitution of the Chinese Realm, 200 - 600*, 40。

约在其《郊居赋》中，记述了他选择郊居之所的过程：

> 伊吾人之褊志，无经世之大方。
>
> 思依林而羽戢，愿托水而鳞藏。
>
> 固无情于轮奂，非有欲于康庄。
>
> 披东郊之寥廓，入蓬藋之荒茫。①

遵循前引《老子》的思想，沈约在此进入了"希微"之境。这里的"东郊"不仅仅指一个地理位置，它同时象征着沈约从官场隐退，身与心皆脱离了都城。在后面的赋文中，沈约再次谈到选择郊居的心路历程，然而，这一次的记述却与前述有所矛盾：

> 排阳鸟而命邑，方河山而启基。
>
> 翼储光于三善②，长王职于百司。③

可见，沈约并非彻底的隐退。他在此排拒了代表隐士的"阳鸟"，甚至表明自己之所以选择"郊居"，是看重其临近都城建康的地理位置。沈约建于钟山山麓的东田庄园，正处在建康城区的东北角。④ 显然，这个"城傍"之址为他频繁地出入于宫廷提供了很大

---

① 姚思廉：《梁书》，卷 13，第 236 页。

② "三善"包括履行对父母、君主和长者的义务，见《礼记正义》，卷 20，第 636—637 页。

③ 姚思廉：《梁书》，卷 13，第 238 页。

④ 关于钟山（又称蒋山）和鸡笼山（下文将会论及）与建康城之间的地理位置关系，见 Nancy Shartzman Steinhardt, *Chinese Imperial City Planning*（Honolulu：University of Hawai'i Press, 1999），76，78。

的方便,据史载,沈约退居后,的确曾不时有入宫之行。① 他在同一篇赋中,为自己郊居的选择做了两种看似矛盾的解释,这恰恰反映出他试图与作为政治核心的宫廷之间维持一种进退自如的关系。

庾杲之(441—491)在一封谈到竟陵王西邸的书信里精准地捕捉到了"郊郭"这个选址的微妙内涵:

> 君王卜居郊郭,萦带川阜。显不徇功,晦不标迹。
> 从容人野之间,以穷二者之致。②

从庾杲之此信的上下文看,他这里的记述所针对的是竟陵王居于西邸期间的佛教活动。③ 西邸位于建康城西北的鸡笼山,竟陵王郊居于此,似有一举两得之功。一方面,他得以与朝廷和政事保持一定的距离,从而专注于其佛学追求;另一方面,他又能够通过与当时的名僧和都城文人之间频繁的往来交流推动佛教的传布。④ 其实,竟陵王积极参与的并不限于佛教活动,正如史家萧子显所言:"(竟陵王)倾意宾客,天下才学皆游集焉。"⑤萧子显在评价竟陵王的功绩时,有一句话颇值得玩味,他指出竟陵王"居不疑之地"⑥。这一"地"字,同时具有字面和隐喻的双重含义。作

---

① 马瑞志将沈约在 507—513 年间多居于郊园的时段称为沈约的"半隐"阶段,见 Mather, *The Poet Shen Yüeh*, 175。据《梁书》沈约本传的记载,他在晚年移居郊园后,至少有两次入宫陪侍梁武帝。见姚思廉:《梁书》,卷 13,第 242—243 页。

② 《为竟陵王与刘居士书》,此文又被归于任昉名下,见严可均辑:《全梁文》,卷 43,收入其《全上古三代秦汉三国六朝文》,第 3201a—3201b 页。

③ 关于竟陵王的佛教活动,见第一章,第 22 页。

④ 鸡笼山的地图,见 Steinhardt, *Chinese Imperial City Planning*, 76, 78。

⑤ 萧子显:《南齐书》,卷 40,第 694 页。关于竟陵王文学集团,见第一章,第 17—18 页。

⑥ 萧子显:《南齐书》,卷 40,第 694 页。

为皇位的第二顺位继承人,竟陵王所处之"地"自然容易招致猜疑。然而,通过与文惠太子建立密切的关系,维护齐武帝对自己的信任,再加上他无意于名利的虔诚佛教徒的形象,竟陵王成功地将自己置于一个"不疑之地"。① 同时,这个"地"字,也指其西邸的位置,通过处身于宫廷之外的郊郭之地,竟陵王不仅透露出自己无意于王位的态度,而且避开了朝中争权者与皇帝本人逼人的目光。

　　无论是对竟陵王这样的皇子,还是对沈约这样的重臣而言,也许最佳的自处方式都是保持一种进退自如的状态。借用庾杲之信中之语,身处宫廷宦海,有时需要"显",有时则需"晦"。然而,一座位于"人野之间"的庄园是否真的能使其园主在"显""晦"两面都游刃有余呢? 历史向我们揭示了上述两位庄园主人的命运:竟陵王卷入了王融为其策划的夺位政变,并在事败后的次年早殁;沈约则在晚年一次进宫谒见皇帝时,出语不慎而导致梁武帝"大怒",不久后忧惧而卒。② 我们无法确知二人死后,其庄园的命运如何,但诗歌中留下的关于它们的记忆则继续徘徊于人野之间。

自然之园

　　尽管永明诗人理想中的园往往筑于荒野,但他们普遍认同的一点是:原始状态的荒野并不适宜人居。这种原始的栖居状态,正是谢灵运所谓"巢居穴处"的第一类居处环境,在时人看来,这

---

① 萧子显:《南齐书》,卷40,第692—701页。
② 关于王融政变的失败,见第三章,第59—60页;关于沈约之死,见姚思廉:《梁书》,卷13,第242—243页。

是人类历史中已成过去的一个阶段。在重返荒野的同时，永明诗人清醒地意识到，他们必须首先驯化荒野。其结果，从审美的角度看，便是一座崭新的自然之园。

沈约"驯化自然"的努力反映在下引《郊居赋》的一段中。在二十多句之间，诗人的努力显得迅速而高效：

> 尔乃，
>
> 傍穷野，抵荒郊；
>
> 编霜菼，葺寒茅。
>
> 构栖噪之所集，筑町疃之所交。
>
> 因犯檐而刊树，由妨基而翦巢。
>
> 决渟淿之汀濙，塞井甃之沦坳。
>
> 艺芳枳于北渠，树修杨于南浦。
>
> 迁瓮牖于兰室，同肩墙于华堵。
>
> 织宿楚以成门，籍外扉而为户。
>
> 既取阴于庭槲，又因篱于芳杜。
>
> 开阁室以远临，辟高轩而旁睹。
>
> 渐沼沚于霤垂，周塍陌于堂下。①

通过典型的赋体句式，这里的描写带给人的印象是：蔓生无度的荒野被一步步驯化改善，适合人居的环境则一步步规划生成。然而，与其描写文惠太子奢华之园的方式截然不同，沈约在摹状自己的郊居时，始终留意着自然的在场。如上引第六句"构栖噪之所集"便说明其构筑居所考虑到了自然中的群鸟，要使它们有聚

---

① 姚思廉：《梁书》，卷13，第238页。

集之所;第八、九句则表明只有当自然"妨犯"了人的正常生活时,园主人才会对其加以"刊翦"。可见,沈约的出发点是与自然相协调,而非肆意毁弃自然。

但事实上,沈约这种以人为中心的构园方式最终带来的是一座毫不自然之园。当一切就绪之后,原本的荒野变成了人居的空间,被"室、牖、户、堂、轩、檐、庭、堵、门、塍、陌"等人造结构所占据。而比这些人造建筑更具深意的,是沈约在字里行间所表现出的个人的空间经验。在他的这篇赋作中,随着人为的建构一一被安置就位,一种由内向外延伸的空间感便油然而生。换言之,通过这些人造结构,诗人获得了框架空间的方式。关于这一点,包括孙康宜(Kang-i Sun Chang)和杨晓山(Xiaoshan Yang)在内的一些学者已经论道:在谢灵运和谢朓的诗歌里,偶尔会有对人造景观框架(如窗户等)的运用。① 在此,我要指出永明诗歌对这种表现手法的使用其实比我们原本想象的更为普遍,也更具深意。在永明诗歌中,门和窗往往不再是单纯的客观物,而是代表着空间中人的观察视角,或者更具体而言,它们代表着人的敏锐洞察的双眼。如在下引的一首谢朓诗里,诗人有意建书斋于"高地",似乎正是为了辅助自己的观察视野:

> 结构何迢遰,旷望极高深。
>
> 窗中列远岫,庭际俯乔林。
>
> 日出众鸟散,山暝孤猿吟。②

---

① Sun Chang,*Six Dynasties Poetry*,137;Yang,*Metamorphosis of the Private Sphere*,61-63.

② 谢朓:《郡内高斋闲望答吕法曹》,见逯钦立辑校:《先秦汉魏晋南北朝诗》,第1427页;参 Mather,*The Age of Eternal Brilliance*,2:228-229。

书斋居高临下的位置,让谢朓充分地享受了"旷望"之乐。借助于窗框的区隔与规限,他的感觉尤其聚焦于"远岫"的距离感和排列感;而"庭际"则加强了诗人对高峻地势的感受。如果没有这样一所"高斋",谢朓就无法看见"众鸟"同时四散的场景,也无法清楚地听见"孤猿"的啼鸣。在另一首诗里,谢朓的"高斋"又一次使他获得了"旷望"的视野:

> 余雪映青山,寒雾开白日。
> 暧暧江村见,离离海树出。①

这首诗描写的,是一种缓缓显现的景象:随着"白日"初升,"寒雾"逐渐退去,江水尽处的树木和村庄也一点点地映入眼帘。在另一首题为《治宅》的诗中,谢朓将"辟门敞窗"这一简单的动作转化成精细入微地"观"的特殊时刻。

> 辟馆临秋风,敞窗望寒旭。
> 风碎池中荷,霜翦江南菉。②

单凭他的视线,谢朓便由内"跨"到了外。在免受风霜侵袭的室内,诗人得以专注于微细之处,发现:遭"风碎"的,并非荷本身,实是水中的荷影;而霜冻所呈现的裂纹则使之看似翦割了菉草。③

---

① 谢朓:《高斋视事》,见逯钦立辑校:《先秦汉魏晋南北朝诗》,第 1433 页;参 Mather,*The Age of Eternal Brilliance*,2:225。

② 逯钦立辑校:《先秦汉魏晋南北朝诗》,第 1435 页;参 Mather,*The Age of Eternal Brilliance*,2:223 - 224。

③ 在另一首诗中,谢朓描写荆州严酷的气候,有"风草不留霜"一句,第五章将对此诗进行讨论。

更重要的是,永明诗人对建筑框架的独特运用,不仅反映了他们对感官认知在特定空间内运作方式的敏锐体会,而且显示出他们对自然的专注观察。谢朓下面这首关于"治北窗"的诗便很好地体现了这一点。在前人的作品中,"北窗"往往被描摹为房间中最凉爽的一角,是燠热的夏日午后绝佳的小睡场所。陶渊明曾道:"尝言五六月北窗下卧,遇凉风暂至,自谓是羲皇上人。"[1]然而,谢朓"治北窗",却并非寄望于小憩或乘凉,而是为了"候风景"。

> 辟牖期清旷,开帘候风景。
> 泱泱日照溪,团团云去岭。
> 岧峣兰橑峻,骈阗石路整。
> 池北树如浮,竹外山犹影。[2]

借北窗为他框限好的视角,谢朓等待着阳光投射到"合适"的方向。当日照终于满足了诗人的期待时,最美的景色也随之进入了眼帘。这里的"期""候"二词突出了诗人对这样一种视觉体验的期待。虽然无法控制日光,但谢朓能够观察和预见日光的出现,并随之框定其观景的视角。在他的眼前,树仿佛已经"浮"起来,而更远处则山影重重,几乎要将观者借日照而摄入眼帘的所有形与状完全吞没。北窗之于谢朓,正如观察的双眼,诗人借此不仅看见了美,而且看见了美的转瞬即逝。

---

[1] 陶渊明:《与子俨等书》,见沈约:《宋书》,卷93,第2289页;严可均辑:《全晋文》,收入其《全上古三代秦汉三国六朝文》,第2097页。

[2] 谢朓:《新治北窗和何从事》,见逯钦立辑校:《先秦汉魏晋南北朝诗》,第1442页;参 Mather, *The Age of Eternal Brilliance*, 2:250-251。

不仅仅是建筑结构的修造，甚至连花草树木的种植都是根据诗人对观景的期待来展开的。如沈约在《郊居赋》中罗列园中所栽花木的同时，也表达了对其生长效果的预期：

> 欲令纷披葐蒀，吐绿攒朱；
> 罗窗映户，接霤承隅。
> 开丹房以四照，舒翠叶而九衢。
> 抽红英于紫蒂，衔素蕊于青跗。①

在下引几句中，沈约将观景的视角进行了有趣的扭转，甚至预想到园中植物窥探入自己窗牖的情形：

> 雁齿麋舌，牛唇彘首。②
> 布濩南池之阳，烂漫北楼之后。
> 或幕渚而芘地，或萦窗而窥牖。③

正是这样一种独特的、基于对自然之预期而相应作出的人为控制，从根本上塑造了永明时代的园的美学。

离　园

如果真正重要的在于人的内心状态，那么外部的位置和环境是否便无关紧要呢？陶渊明的名句吟咏道：

---

① 姚思廉：《梁书》，卷13，第238页。
② 见 Mather, *The Poet Shen Yüeh*, 189。
③ 姚思廉：《梁书》，卷13，第238页。

结庐在人境,而无车马①喧。

问君何能尔,心远地自偏。②

这几句诗体现出庄子(前四世纪晚期)哲学观念的基本前提,即确保"自然"之道的关键在"心"而不在"物"。但是,如果内心的状态才是真正重要的,那么诗人又为何需要"归园"呢?陶渊明的田园诗其实已经向我们暗示道:"心"与"园"之间的关系,并非静态的,而是互动的。"园"可以启迪"心",而"心"亦能反过来塑造"园";在理想的状态下,"心""园"合一,最终达到"忘言"与"无为"的境界。虽然永明诗人明显受到了陶渊明的影响,但他们笔下"心"与"园"的互动却迥然不同。

秉持其佛教的观念,永明诗人努力地寻求"园"的超越,正如王融下面这首关于"游园"的诗。诗题里"游"字的本义,也许传达出一种"任意"或"随性"的意味,但王融笔下的"游"显得十分专注而目标明确。

栖玄寺听讲毕游邸园七韵应司徒教③

道胜业兹远,心闲地能隙。

桂橑郁初栽,兰墀坦将辟。

虚檐对长屿,高轩临广液。

芳草列成行,嘉树纷如积。

流风转还径,清烟泛乔石。

日泪山照红,松映水华碧。

畅哉人外赏,迟迟眷西夕。

---

① 句中"车马"一词,指朝中官员与贵族。
② 逯钦立辑校:《先秦汉魏晋南北朝诗》,第998页。
③ 逯钦立辑校:《先秦汉魏晋南北朝诗》,第1395页;参考 Mather, *The Age of Eternal Brilliance*, 2:347–348.

王融此诗明显作于一次佛教讲会之后,从诗的字里行间,我们依然能够感受到讲会对诗人的触动。[①] 在王融看来,"道"并非庄子所言的"自然",而是关联着佛教的开悟;"业"(梵语转写:*karma*)则是因缘果报,是在言、行、思中不断积累的善恶诸行,它决定着一个人在开悟进程中的得失进退。[②] 然而,王融诗的佛教基调,并没有妨碍他对陶渊明颇具庄子风格的"心远地自偏"一句的应和。从陶诗的句意看,陶渊明所处的原本就不是偏僻之"地",这一预设也适用于王融此诗,诗中"心闲地能隙"一句,表明王融所处之园本亦不"隙"。王融之"游",其实是一个在思维上"离"园的过程,此举并非简单的放弃,而是一种系统地观园的冥想。在王融的注视下,佛寺邸园的附属建筑皆呈现出面向自然、向外延伸的姿态,如"兰墀坦将辟""虚檐对长屿""高轩临广液"。于是,诗人亦循着这一指引而转向自然,所见之处是"芳草列成行""流风转还径""松映水华碧"的景象。我们意识到,王融看见的自然,正如他眼下的寺院建筑一样,是按部就班且有序布局的。诚然,这座庄园寺院里的"自然",终究是人工模仿的自然。在这样的空间背景下,诗末的"人外赏"之语似乎显得颇为讽刺,但这只是我们作为读者的感受,对王融而言,他通过"系统性的游园"达到了这样的精神效果:

迟迟眷西夕

---

① 马瑞志指出,此次讲会的地点在竟陵王西邸,而这所"栖玄寺"正处于西邸之内。见 Mather, *The Age of Eternal Brilliance*, 2:347, n2。根据诗题中的"邸园"一词,我认为这种说法是有道理的。与此相关,刘淑芬指出,南朝时期的许多佛教寺院都分布在建康城西北、钟山周边以及宣阳门和秦淮河之间的富庶城郊地区,见 Liu, "Jiankang and the Commercial Empire of the Southern Dynasties," 41。

② Mather, *The Age of Eternal Brilliance*, 2:347, n2。

马瑞志看到了此句"与阿弥陀佛的西方净土中死后往生观念的自然联系"。[①] 当涤除一切欲望之后，人便超越了生死轮回而达到"涅槃"的境界。王融此诗展现出一种通过渐进而达至涅槃的途径：诗人通过在园中专注细致地循序历览，使其心逐渐"离"园。我们看到，这里似乎又一次体现出佛教成实宗系统化、解析化的修行方式。不同于陶渊明所追求的心、园合一，王融最终的目标是彻底地超越"园"。在佛教视角的折射下，"园"不过是心在渐达觉悟的旅程中所经过的一条路径。

王融描写园的冥思性视角在谢朓的一首诗里得到了共鸣。这首诗作于"中园"，为多人依序共作的联句组诗中的一首：

纪功曹中园[②]

兰庭仰远风，芳林接云崿。

倾叶顺清飙，修茎伫高鹤。

（何从事）

连绵夕云归，晻暧日将落。

寸阴不可留，兰墀岂停酌。[③]

（吴郎）

丹缨（樱）犹照树，绿筿方解箨。

永志能两忘[④]，即赏谢丘壑。

（府君）

---

① Mather, *The Age of Eternal Brilliance*, 2：347，n5.

② 逯钦立辑校：《先秦汉魏晋南北朝诗》，第 1456 页。参 Mather, *The Age of Eternal Brilliance*，2：282。组诗中的三首皆用入声"-ak"音为尾韵。更有趣的是，三首诗最后一个音节共同组成了如下的调式：ADAD／ADAD／CDCD。

③ 参 Mather，*The Age of Eternal Brilliance*，2：282。

④ 同上。

前两首诗向我们交代了诗人观景的地点——"兰庭"与"兰墀"。何从事起调颇高,他将园中景观与高远的、几乎出离尘世的意象联结在一起,造成一种仰望式的"神游"园外的印象。吴郎之句以"夕云"起笔,衔接了前句的意象,但他的视线很快便随着"将落之日"下移,他的关注也随之转向了凡尘俗世,而意识到"寸阴不可留"。吴郎的"解忧之法"使我们联想到早期诗歌里一种常见的基调:

> 浩浩阴阳移,年命如朝露。
> 人生忽如寄,寿无金石固。
> ……
> 不如饮美酒,被服纨与素。①

谢朓承接吴郎之作,有两方面值得注意。其一,继吴郎下移的视线,谢朓的视野进一步往下、往近处移,最终甚至连树上残存的樱花与竹枝刚刚褪去的故箨都历历可见。这里,谢朓及其诗友与前述王融的"外向型"视角构成了有趣的反差。他们的视角展现出一个向下的、内敛的趋势,由出离园外收束到当下眼前。其二,正如第三章所论,谢朓对自然界里的"故箨"始终保持着一种敏锐的观察。这首诗延续了他在其他诗中的描写方式,通过将"故箨"与"丹樱"并置,再一次将生与死的征象同时展现在我们眼前。当生死相消时,人方能达到"两忘"的境界。尽管"两忘"一词(以及谢朓将生死并举的二元表现方式)很容易使我们联想到《庄子》中

---

① 《古诗十九首》第十三首,见萧统编:《文选》,卷 29,第 1348 页。参考 Stephen Owen, *The Making of Early Chinese Classical Poetry* (Cambridge, MA: Harvard University Asia Center, 2006),178 - 213。

"坐忘"和"兼忘"的概念①,但诗人在此用"两忘",无疑是指向佛教"空"的观念,正如沈约在《神不灭论》中对"兼忘"一词的借用一样。② 换言之,"忘"在永明诗歌里,并非指《庄子》"同于大通"的思想,而是佛教所谓的"皆空"之境。③ 虽然谢朓和王融分别循着不同的方向观察"园",但二者观察的结果可谓殊途同归。王融在诗的最后达至西方净土的佛境,而谢朓最终亦以"谢丘壑"的姿态超越了生死之分。在谢朓的诗里,"园"又一次为诗人提供了冥思性观察的空间,使诗人之心达到"离园"的终极目标。到了这样的境界,吴郎诗句所表现出的世俗观念中的时间焦虑变得无关紧要,而前代诗人"不停酌"的人生态度亦随之而失去了效用。

谢朓将对园的这种冥思性观察称为"即赏"。其中,副词"即"同时包含着时间上"此时"与空间上"此地"的双重意涵。中国佛教论著在讨论关于形式的认知问题时,往往特别强调"即"这个词,如"即色""即物"等范畴。④ 本书第二章曾谈到,尽管南朝的佛教徒普遍认同一切色相皆由因缘暂聚而生,故皆非真实,但他们倾向于借助"二谛"理论,以一种更加灵活的立场,在不同的层面上理解真与幻。如果在某种"俗谛"的层面,"色"可以被看作是"真实"的,那么,"灭色"的需要便自然无可厚非。然而,比永明诗人时代更早的僧肇(384—414)其实提出了一种更直接的途径:

> 即色者,明色不自色,故虽色而非色也。夫言色者,

---

① 《庄子》曰:"堕肢体,黜聪明,离形去知,同于大通,此谓坐忘。"见郭庆藩:《庄子集释》,第 128 页。关于"兼忘",见本书第一章,第 28 页注②。

② 见第一章,第 28 页。

③ 见本页注①。

④ 正如汤用彤所言,"即色"中的"即"字可训为"当"。见汤用彤:《汉魏晋南北朝佛教史》,第 182 页。

但当色即色,岂待色色而后为色哉。①

尽管谢朓陷入的二元论或相对性视角,是僧肇所反对的,但他使用的"即赏"概念却体现出僧肇理论的特点。谢朓对物色的"赏鉴"与"谢别"发生在同"一瞬",其诗用一个"即"字,显示出诗人异常清醒地意识到自己心里所觉察到的对象处在"即时即地",而其觉察之举亦发生在"即时即地"。由此,诗人之心得以继续行进,与所遇之色一一相"谢"。可见,无论是在王融的外向型视野,还是在谢朓的内敛型视角中,"园"都成为一个心"游"而后"离"的空间。

矛盾之园

从前文的讨论中,我们看到,永明诗人对"园"的塑造,受到实用、审美与宗教等多方面的影响。宫廷诗人通过"园"试图在个人与官场之间寻求一种平衡,在园中,他们抗拒了浮华,创造出理想的自然并追求着佛教信仰。然而,当这些力量被聚合起来,共同参与园的塑造时,它们之间也会呈现出矛盾和冲突。随着这种矛盾冲突被带入宫廷诗人观察园的视野,诗人的形象也在我们眼前变得更加深刻而真实。由于永明诗人对园的描写不追求一贯性,也不执着于统一,因此他们笔下的园更充分地反映了他们内心的挣扎、隐秘的情感与深刻的焦虑。以沈约为例,他所面临的矛盾不仅体现在他既希望与宫廷保持一定的距离,又渴望靠近权力核心的姿态;而且在另一层面上,他的宗教追求与审美需要之间,也

---

① 僧肇:《不真空论》,收入高楠顺次郎、渡边海旭编:《大正新修大藏经》,卷45,第152a页。

存在着冲突对立。在其《郊居赋》里,沈约将佛教理念贯穿赋的始终,力图消解自己一切的牵累和欲念:

> 排外物以齐遣,
> 独为累之在余。
> ……
> 欲息心以遣累,
> 必违人而后豁。
> ……
> 栖余志于净国,
> 归余心于道场。①

"净国"指阿弥陀佛的西方净土,在那里"琼树落花深达四寸,每过几个小时就会有一阵天风把花瓣吹得干干净净"②。对修佛之人而言,这本应是唯一可观之"园",然而,"累于外物"的沈约,却在自己园中看到了四季更迭的美景:

> 晚树开花,初英落蕊。
> 或异林而分丹青,乍因风而杂红紫。
> 紫莲夜发,红荷晓舒。
> 轻风微动,其芳袭余。
> 风骚屑于园树,月笼连于池竹。
> 蔓长柯于檐桂,发黄华于庭菊。

---

① 姚思廉:《梁书》,卷13,第239、241页。
② Tian, *Beacon Fire and Shooting Star*, 196. 中译本见田晓菲:《烽火与流星》,第143页。

> 冰悬垎而带坻,雪萦松而被野。
>
> 鸭屯飞而不散,雁高翔而欲下。
>
> 并时物之可怀,虽外来而非假。
>
> 实情性之所留滞,亦志之而不能舍也。①

以佛教的角度来看,这些季节性的物色,无论在常人眼中如何美丽,最终皆非真实。作为亲自构置了这些美景的园主人,沈约却无法将其视同虚幻。对他而言,尽管有佛教"净土"的"真园"理想,但要"离"此尘世之园,又有个人感情上的重重挣扎。于是在赋末的这一段中,沈约以坦诚的态度,直接面对自己内心的牵累,并承认自己对这些凡尘之美的不舍。

在另一首诗里,沈约描写了园中丰富多样的植物蔬果,并出人意料地流露出另一种情感冲动:

行园②

> 寒瓜方卧垄,秋菰亦满陂。
>
> 紫茄纷烂熳,绿芋郁参差。
>
> 初菘向堪把,时韭日离离。
>
> 高梨有繁实,何减万年枝。
>
> 荒渠集野雁,安用昆明池。

借奇异稀有的"万年枝"和古之名池"昆明池"之典,沈约在勾起对奢华之园的记忆之际,突出地表明了自己所拥有的是一座截然不

---

① 姚思廉:《梁书》,卷 13,第 241—242 页。

② 逯钦立辑校:《先秦汉魏晋南北朝诗》,第 1641 页;参考 Mather, *The Age of Eternal Brilliance*, 1:219 - 220。

同的庄园。① 的确，在沈约的园中，热热闹闹地遍布着的生命和色彩，都不过是一些普通的蔬果。但沈约繁忙的行园过程揭示出一种物质上的需求：他每行一步，眼里都摄入了丰收的一景，甚至所见之"荒渠"都因群集的"野雁"而显得丰足。身处自己的庄园中，沈约能够自给自足，享受物资的丰裕，从而满足安心。正是在这样的物质意义上，谢朓在自己的和诗里称沈约此园为"栖心地"：

和沈祭酒行园②

清淮左长薄，荒径隐高蓬。

回潮旦夕上，寒渠左右通。

霜畦纷绮错，秋町郁蒙茸。

环梨悬已紫，珠榴折且红。

君有栖心地，伊我欢既同。

何用甘泉侧，玉树望青葱。

诗的第三联描写了一派荒芜的景象，这是因为适处休耕季节，还是疏于经营的结果呢？紧随此二句，谢朓描写了果树鲜艳的色彩，尽管这显然是与沈约前诗的唱和，置于此却颇显突兀而格格不入。这里的意象，是谢朓觅到自己园中果实丽色的反映，还是对沈约丰足鲜艳之园的想象呢？无论何者，谢朓在此还是一如既往地结合了生命之征与衰朽之象。在下一句中，他盛赞沈约之园道"君有栖心地"，则凸显了另一种物质观。一个可供主人"栖心"之园，不是

---

① 显然，当时建康城郊的富庶庄园主往往以具有异域风情或世所著称之名命名自己的庄园，见 Liu, "Jiankang and the Commercial Empire of the Southern Dynasties," 40。

② 逯钦立辑校：《先秦汉魏晋南北朝诗》，第 1444 页。参考 Mather, *The Age of Eternal Brilliance*, 2:261–262。

一座抽象的园，而是在实际意义上具有"供养"功能的园。谢朓诗中提到的"町"与"渠"，都是确保园内自给自足生活的基本设施。①从这首诗里，我们无法确知谢朓是否觉得自己也找到了一座"栖心园"，但相形之下，沈约园里的丰足景象无疑显得奢侈无比。

如果说蔬果满园的景象能给园主人带来心安，那么，当一切好景消散时，又会如何呢？从沈约下面这首诗里，我们看到：临近岁末，尤其又是接近日暮的时间，绝非"行园"的好时机。

宿东园②

陈王斗鸡道，安仁采樵路。

东郊岂异昔，聊可闲余步。

野径既盘纡，荒阡亦交互。

槿篱疏复密，荆扉新且故。

树顶鸣风飙，草根积霜露。

惊麋去不息，征鸟时相顾。

茅栋啸愁鸱，平冈走寒兔。

夕阴带层阜，长烟引轻素。

飞光忽我道，岂止岁云暮。

若蒙西山药，颓龄倘能度。

随着农时的结束，沈约之园的功能被简化为"闲余步"。虽然节侯

---

① 刘淑芬指出，尽管南朝贵族皆居于都城，但他们"与其乡土根基保持着密切的联系，在其所拥有的乡村地区的大庄园中继续占有一定份额的农业产出"。见 Liu, "Jiankang and the Commercial Empire of the Southern Dynasties," 41.
② 逯钦立辑校：《先秦汉魏晋南北朝诗》，第 1641 页。参考 Mather, *The Age of Eternal Brilliance*, 1：237 - 238。

有别，但沈约"一步一景"的"行园"节奏没有改变。不同之处在于，此时诗人所见尽是一派杂乱荒芜、万物消亡的景象。仿佛荒野卷土重来，夺回了诗人所营造的园地。行走在荒径、积霜和野兽之间，沈约显然充满了不安。身处于这种"止息"状态的园中，园主人既无法"栖心"，又不能"闲步"。诗人为了在"人野之间"规划出一个自我空间所面临的挣扎，在此刻显露无遗。当他直面荒野时，却忽然间意识到自己是多么渺小而无助，根本无法抵抗自然的力量。沈约回忆着过去的"东郊"与前代的诗人，仿佛看见自己之身与自己的庄园也一并为时间与历史所淹没，徒留一片荒野。此时，即使是西山灵药，也只能助他聊度颓龄。

烛灭之时

在中国历史上，陶渊明一向被视为"归园"形象最杰出的代表。如同笔下飞返"旧林"的"羁鸟"和游返"故渊"的"池鱼"，他挣脱了"误落""三十年"的"尘网"而回到了自己真正归属的"旧园田"。[①] 陶渊明的"归园田"之举洒脱而慷慨，如释重负的解脱感，从他的诗行间流露出来：

久在樊笼里，复得返自然。[②]

"归园田"后的现实生活也许并不像诗里描绘的这般悠然惬意。[③] 但是，陶渊明的田园理想传达出的价值观在于：当面临仕、隐之间

---

① 逯钦立辑校：《先秦汉魏晋南北朝诗》，第 991 页。
② 同上。
③ 见 Tian，*Tao Yuanming and Manuscript Culture*，95 - 131。

的抉择时，他选择了"归隐"。尽管永明诗人笔下的"归"与"还"时
而表现出对陶渊明"归园田"的微弱回响，但他们言"归"从来都不
是取舍后的一种抉择。临近本章的结尾，让我们最后来看一首谢
朓的诗。在这首诗中，孤独倦怠、意志消沉的谢朓"移病还园"：

> 疲策倦人世，敛性就幽蓬。
>
> 停琴伫凉月，灭烛听归鸿。
>
> 凉薰乘暮晰，秋华临夜空。
>
> 叶低知露密，崖断识云重。①

"还园"的谢朓，却并没有获得解脱，只是暂停了一切活动。此时
此刻，他"停琴""灭烛"，以确保在他与他的感官之间没有任何人
为架设的阻隔。当烛灭后，感官变得更加敏锐：视觉逐渐适应了
昏暗的环境，听觉则变得异常灵敏。更何况原本就善察易觉的谢
朓，他不需触碰便能"知露密"，不需亲见便可"识云重"。在诗人
这样一种意志消沉却又感官敏锐的状态下，园的声色形体仅剩
"归鸿"的鸣声，"凉月""凉薰""叶""露"，以及视线之外的"云"与
"崖"。在这一刻，诗人已不再追求凸显园的形态。

诗的后半部分则弥漫着浓重的神秘气息：

> 折荷葺寒袂，开镜眄衰容。
>
> 海暮腾清气，河关秘栖冲。

---

① 谢朓：《移病还园示亲属》，见逯钦立辑校：《先秦汉魏晋南北朝诗》，第 1434—1435
页。参考 Mather, *The Age of Eternal Brilliance*，2:276 - 277。

烟衡时未歇,芝兰去相从。①

诗句里这些隐晦的意象明显受到了楚辞的启发:其中第一句源于
《离骚》的"制芰荷以为衣兮,集芙蓉以为裳"②;第三句使我们联
想到《九歌》中的精神之旅,"高飞兮安翔,乘清气兮御阴阳"③;而
"衡""芝""兰"作为忠贞之臣的象征,则贯穿于整个楚辞的意象系
统。此前有研究认为这些诗句宣告了谢朓"隐遁"的意图④,但是
楚辞所围绕的核心形象屈原并非隐者,而是遭受谗言、被迫流放
的孤忠之臣⑤。谢朓此诗所呈现的即是这样一种人格预设。在
他"还园"的过程中,始终弥漫着的,是一种迫近终结、穷途末路之
感。我们无从得知这里的终结又将引向何处,但在谢朓此诗即将
收笔之时,生与死的征象再一次浮现。

将"归园"作为一种人生抉择来理解齐梁的宫廷诗人并不恰
当,因为他们的"归园"并不代表一种明确的取舍或选择,而是暂
时性地退离官场,或是在片刻之间向真性情的回归。在永明诗人
的笔下,处于人野之间的"园"是一个中介性的空间。身处园中,
他们努力协调自然环境与人工建构;同时追求物质生活与宗教信

---

① 逯钦立辑:《先秦汉魏晋南北朝诗》,第 1434—1435 页。参考 Mather, *The Age of Eternal Brilliance*,2:276 - 277。
② 洪兴祖撰,白化文等点校:《楚辞补注》,卷 1,北京:中华书局,1993 年,第 17 页;王泗原:《楚辞校释》,北京:人民教育出版社,1990 年,第 31 页。另参 David Hawkes trans., *Ch'u Tz'u*(*The Songs of the South*):*An Ancient Chinese Anthology*(London: Oxford University Press, 1959),25。
③ 洪兴祖撰,白化文等点校:《楚辞补注》,卷 2,第 69 页;王泗原:《楚辞校释》,第 226 页。另参 Hawkes trans., *Ch'u Tz'u*,40。
④ 谢朓著,曹融南校注:《谢宣城集校注》,第 258 页,注 10;另参 Mather, *The Age of Eternal Brilliance*,2:277, n5。
⑤ 司马迁:《史记》,卷 84,第 2489—2491 页;另参 Hawkes trans., *Ch'u Tz'u*,11 - 19。

仰；并且两相权衡政治需要与个人抱负。尽管永明诗人在园中的状态时常显得微妙难测，但往往在这些时刻，他们不仅流露出宫廷诗人身份之下的个体困境，更以令人耳目一新的姿态，坦然承认并真实地记录了自身所历的挣扎与所处的困境。

第五章 离京

> 江南朝士，因晋中兴[1]南渡江，卒为羁旅，至今八九
> 世，未有力田，悉资俸禄而食耳。[2]

上面的引语出自颜之推（531—约591），他本人即为份属"江南朝士"的颜氏家族中第九代的后裔。[3] 推崇严格家学家教的颜之推，以此语告诫子侄后辈，警醒他们慎戒"优闲"[4]。如果我们将颜氏此语置于南朝整体的历史语境中考察，便会看到，它体现了当时的"朝士"及其他士人阶层，尤其是南渡北人之后裔在心态上的重要转变。其中一个显著的表现，是对于这些晋末北方移民的后人而言，"移民"的心态逐渐淡化，也就是说，他们已不再将自己看作暂居南土的北人。尽管如此，颜之推所谓的"羁旅"状态，在他们的人生经历中却从未消失，甚至在永明诗人笔下，成为一个常见的诗歌主题。无疑，对永明诗人而言，他们"归"北的愿景，

---

① "中兴"指西晋皇族和北方大族在匈奴攻陷都城洛阳后，弃国南渡，在建康建立东晋政权的过程。相较于"中兴"的粉饰，"偏安"一词也许更直接地反映了这一时期的历史。

② 此语出自《颜氏家训·涉务》，见颜之推撰，周法高注：《颜氏家训汇注》，第72a页；参考 Teng, *Family Instructions for the Yen Clan*, 116 - 117。

③ 李百药：《北齐书》，卷55，第617页。颜之推是北方世家大族琅邪临沂（今属山东）颜氏的后裔。

④ 见本页注②。

即使尚有丝毫的存留,也是依稀不明的。然而,他们的羁旅诗却往往在复杂的心境下显示出现实中的反差,直接触及"归属"与"错置"等最根本的人生问题。

"先生不知何许人也"

一个典型的例子是谢朓的五世祖谢鲲(324 年卒)。根据1965 年的一份考古发掘报告,在南京(古建康)附近谢鲲墓的出土文物中,有一则墓志载:

> 晋故豫章内史,陈(国)阳夏,谢鲲幼舆,以泰宁元年十一月廿(八)[324 年 1 月 10 日](亡),假葬建康县石子罡。①

正如孔为廉(William G. Crowell)所论,墓志中称谢鲲为"假葬"的原因,是"希望日后能够将他移葬北方"。② 但是直到今天,谢鲲墓仍然留存在南方。同样历经千余年而留存下来的,是谢鲲在

---

① 南京市文物保管委员会:《南京戚家山东晋谢鲲墓简报》,《文物》,1965 年第 6 期,第 34 页;另见 William G. Crowell, "Northern Emigrés and the Problems of Census Registration under the Eastern Jin and the Southern Dynasties," in Albert E. Dien, ed., *State and Society in Early Medieval China* (Stanford, CA: Stanford University Press, 1990), 171 - 209, 175 - 176, n12;许辉等主编:《六朝文化》,南京:江苏古籍出版社,2001 年,第 591 页;罗宗真:《六朝考古》,南京:南京大学出版社,1996 年,第 164 页。

② Crowell, "Northern Emigrés," 176, n12.孔为廉在此论及蒋介石,指出其"假葬"台湾,是寄望于有朝一日能够移葬中国大陆。这也使我想起,五年前我的一位美籍华裔学生将他父亲的骨灰带回他的故乡——中国福州,而他的父亲在生前已移民美国二十余年。虽然具体情况不同,尤其是蒋介石的归葬还涉及复杂重大的政治问题,但是从人性最根本的层面,"落叶归根"的情感是共通的。

其墓志和《晋书》本传里被记载的身份:陈国阳夏人。[①] 陈国阳夏,今属河南,在当时自是北土。诚然,从实际效用的角度看,"阳夏人"的身份使谢鲲享有了东晋政权为南渡北人所提供的一切社会、经济和政治特权。[②] 但我们在此更加关注的,是谢鲲"假葬"的状态所引出的人生诉求,即一个人对自身真正归属何处何地的考量。美国作家约翰·斯坦贝克(John Steinbeck,1902—1968)在其小说《罐头厂街》(Cannery Row)中,描写了华裔杂货商李忠(Lee Chong)——"一个捧着其祖父遗骨而心地柔软的男人"——如何为他的祖父解决了归属的问题,其中的移葬场面有着一种令人动容的可怖感:

> (李忠)挖开了位于中国角的坟墓,找到了祖父发黄的骨头,头骨上还残留着粘连打结的白发。李忠小心地包好那些骨头:笔直的股骨和腔骨,头骨摆在中间,盆骨和锁骨围在一起,肋骨弯向两边。李忠把祖父脆弱的遗骨装在箱子里,送过大西洋,最终安葬在因祖先而神圣的家族土地上。[③]

可见,这一"归属"的根本诉求联结着"乡"或"故乡"的观念,同时也关系到羁旅的境遇如何激发出对"故乡"的想象与情感;在某些情境下,又如何引起为了回归故乡而展开的生动的演绎。

---

① 房玄龄等:《晋书》,卷49,第1377页。
② 除了更好的入仕机会和上层社会中更高的地位,东晋的北方移民还享有赋税和徭役的减免。见 Crowell, "Northern Emigrés," 184.
③ Steinbeck, Cannery Row (New York: Viking Press, 1965), 11. 译者案:此段中译使用李天奇的译本。见[美]约翰·斯坦贝克著,李天奇译:《罐头厂街》,北京:人民文学出版社,2018年,第10页。

简单来说，"羁旅"指一个人远离故乡的状态。在中国文学中，无论由何事造成，"羁旅"总是伴随着挥之不去的故乡记忆和日渐加深的乡关之思，而往往导致情感上的困扰。在中国的文化传统里，不忘故土与思乡之情向来都被看作高尚的道德情操。正如老子所云："过故乡而下车，非谓其不忘故耶?"① 从东晋南渡北人的"流寓"状态中，沈约也看到了这样一种情操：

> 自戎狄内侮，有晋东迁，中土遗氓，播徙江外，幽、并、冀、雍、兖、豫、青、徐之境，幽沦寇逆。自扶莫而裹足奉首，免身于荆、越者，百郡千城，流寓比室。人伫鸿雁之歌，士蓄怀本之念，莫不各树邦邑，思复旧井。②

沈约描述南迁北人"各树邦邑""思复旧井"之举，所指的其实是当时特有的一种社会现象。东晋的北方移民以其北方故乡的地名为其在南方的居住地重新命名，从而造成"魏邦而有韩邑，齐县而有赵民"的情形。③ 而且，这在当时并不仅仅是个体行为，更成为东晋朝廷重建统治秩序的一种措施。如335年，东晋政权将北方的琅邪（今属山东）"侨置"于南方江乘县的辖区内，并以"南琅邪郡"称之；由于北方琅邪治下有临沂县（王融所属的琅邪王氏即出

---

① 刘向辑：《说苑》，卷10，第4a—4b页，《四部丛刊》版。
② 沈约：《宋书》，卷11，第205页。引文中"裹足"一词表现出迁徙的紧迫与艰辛。"荆、越"指代南方，大约包括今天的湖北、浙江的浙东地区等地。"鸿雁之歌"指《诗经·小雅·鸿雁》。后世解读此诗，认为其赞颂了周宣王时期，官员安置流民之事。见 James Legge trans., *The Chinese Classics with a Translation, Critical and Exegetical Notes, Prolegomena, and Copious Indexes* (Hong Kong：Hong Kong University Press, 1960), 4：293.
③ 沈约：《宋书》，卷11，第205页。

于临沂),故"南琅邪郡"下亦侨置了同名的临沂县。① 于是,一个有趣的问题产生了:《南齐书》的王融本传载其籍贯为"琅邪临沂人也",那么这究竟是指北琅邪还是南琅邪呢?② 此外,东晋的"土断"政策,则使问题变得更为复杂。在 326—334 年间,东晋政权开始推行"土断",将"一个原籍某地而居住于另一地的人士认定为其居住地的合法居民"。③ 在这一政策下,一个人被官方认可的户籍身份就有可能发生变化。例如,《陈书》载武帝(陈霸先,于 557—559 年在位)为"吴兴长城下若里(今属浙江)人",籍属南人;然而,这是由于陈氏先祖在两晋之际,迁离了北方的颍川(今属河南)故土,随晋室南渡,后"出为长城令,悦其山水,遂家焉",至"咸和中土断,故为长城人"。④ 可见,陈武帝先祖作出的选择显然不同于谢朓的五世祖谢鲲。⑤ 二者的差异表明,一个人的归属感,即其对乡关何处的认属,不仅取决于故乡留给他的记忆,更关系到他对故乡记忆的取舍。"羁旅",即在漂泊中思念着故乡的状态,也并非一成不变,而是不断转化与演变的。

在其《南齐书》本传的记载中,谢朓继承了先祖谢鲲"陈郡阳夏人"的籍贯身份。⑥ 然而,相隔一百四十余年,这一身份对谢朓而言已经衍生出了不同的内涵。谢朓虽然亦有"羁旅"之悲,但令

---

① 房玄龄等:《晋书》,卷 15,第 453 页;参考王仲荦:《魏晋南北朝史》,第 348—349 页,第 352—353 页注 2;关于南琅邪郡和临沂县的地理位置,见谭其骧主编:《中国历史地图集》,第 4 册,北京:中国地图出版社,1996 年,第 27—28 页。关于对东晋重建政治统治秩序的讨论,见 Crowell, "Northern Emigrés," 174—186。

② 萧子显:《南齐书》,卷 47,第 817 页。

③ Crowell, "Northern Emigrés," 187;关于孔为廉对"土断"的讨论,见同书,187—208。

④ 姚思廉:《陈书》,卷 1,北京:中华书局,1997 年,第 1 页。

⑤ 孔为廉指出陈氏家族籍贯身份的改变是"出于自愿",见 Crowell, "Northern Emigrés," 189。

⑥ 萧子显:《南齐书》,卷 47,第 825 页。

他倍受煎熬的乡关之思，至少从其诗作看来，和北方并无关系。①
谢朓笔下的"故乡"，却正是谢鲲历千余年而依旧漂泊于斯的
"假葬"之地。由此，我们不禁联想到陶渊明虚构性的自传——
《五柳先生传》②，陶氏在其中一反当时的传记以籍贯出身界定
个人身份的常规写法，而在开篇即声称："先生不知何许
人也。"③

京邑人士

在据载出自沈约的一篇上疏里，沈氏论道："今之士人，并聚
京邑，其有守土不迁，非直愚贱。"④在这篇疏中，沈约又一次将汉
代理想化，想象着当时开放、公平、唯才是任的图景。⑤ 他赞赏汉
代"无士庶之别"的环境，使士人各自安居乡里（与"今之士人，并
聚京邑"以寻求入仕机会的现象形成对比）。据他观察，当时甚至
位及"公卿牧守"一类的高官，在卸任后都还归乡里。⑥ 这就形成
了沈约所谓的"自非仕宦，不至京师"的社会环境。⑦ 然而，鉴于
沈约本人亦将退居之所定于建康城的近郊，而非其故乡吴兴，他
自己恐怕也难免于"守土"京师的指摘。⑧

---

① 从南齐宫廷对王融北伐主张的消极态度也可以看出当时南人"北方情怀"的消减。
　　见萧子显：《南齐书》，卷 47，第 818—821、828 页。
② Tian, *Tao Yuanming and Manuscript Culture*, 59.
③ 陶渊明：《五柳先生传》，见沈约：《宋书》，卷 93，第 2286 页。
④ 杜佑：《通典》，卷 16，第 388 页。
⑤ 关于沈约对选官制度的主张，见第一章，第 13—15 页。
⑥ 杜佑：《通典》，卷 16，第 388 页。
⑦ 同上。
⑧ 沈约此论意在揭示当时"官少才多，无地以处"的现实，见杜佑：《通典》，卷 16，第
　　388 页。也许在沈约看来，自己已然赢得了京邑人的身份。

　　就沈约及永明宫廷诗人"聚京邑"的文化现象,史家萧子显提出了有悖于沈约本人之论的表述。《南齐书》载:"永明末,京邑人士盛为文章谈义,皆凑竟陵王西邸。"①萧子显所谓"京邑人士"的这批西邸文人之间,又以"竟陵八友"中最负盛名的沈约、王融和谢朓为代表。② 与"京邑"一词相对的,是"乡里"或"乡邑",后者不仅指普通民众所居之村庄或城镇,而且其中的"乡"字,亦为"故乡"之"乡",而饱含着"籍贯""故土"的意涵。沈约之疏谓守土"京邑",也就意味着远离"故乡"。那么在这种情况下,一个人能否同时拥有"京邑人士"与"故乡人士"的双重身份呢?

　　其实,谢朓便有着这样的双重身份。他的本传虽然记载其为"陈郡阳夏人",但他是在建康城长大的。③ 换言之,对谢朓来说,京邑与故乡之间并不存在着泾渭分明的界限。即使是原籍吴兴的沈约,也不总是严格区分京邑与故乡。也许正是有才之士"并聚京邑"这样一种文化风气模糊了二者之间的界限。因此,永明诗人对京邑/故乡的想象,往往是在其即将离开建康、踏上羁旅之途时,而变得异常敏锐且格外复杂。

京邑吾乡

　　坐落于长江沿岸的建康城,有城墙防护,水路穿城而过,周围

---

① 萧子显:《南齐书》,卷48,第841页。
② 关于"竟陵八友",见第一章,第17—18页。
③ 基于对谢朓《南齐书》本传及其诗歌的研究,网祐次推断谢朓居于建康附近的地区,有可能在安徽当涂县境内,见網祐次《中國中世文學研究》,第496—498页。曹融南则认为谢朓"大约出生于南朝都城建康",见谢朓著,曹融南校注:《谢宣城集校注》,第1页。

则低山盘曲,可谓是襟江带河,傍水依山。① 更值得一提的是,南朝建康是当时世界上人口最为密集的都市,拥有繁荣的商业贸易、富丽的皇宫殿宇和各式精美的建筑。② 在谢朓的诗中,建康通常居于核心的位置。

晚登三山还望京邑③

瀌涘望长安④,河阳视京县⑤。

白日丽飞甍,参差皆可见。

余霞散成绮,澄江静如练。

喧鸟覆春洲,杂英满芳甸。

去矣方滞淫,怀哉罢欢宴。

佳期怅何许,泪下如流霰。

有情知望乡,谁能鬒不变。

诗中提到的"三山"位于长江沿岸,建康城西南约五十里以外的地方。⑥ 这里,谢朓以两位前代诗人的视野作为自己诗歌的引子。

---

① 关于建康城及其历史,相关的研究包括刘淑芬:《六朝的城市与社会》,第 35—73 页;Dien, *Six Dynasties Civilization* (New Haven, CT: Yale University Press, 2007), 37 - 45; Nancy Shartzman Steinhardt et al., *Chinese Architecture* (New Haven, CT: Yale University Press, 2002), 66 - 68;许辉等主编:《六朝文化》,第 691—699 页。

② 见 Liu, "Jiankang and the Commercial Empire of the Southern Dynasties";以及刘淑芬:《六朝的城市与社会》,第 195—253 页。

③ 逯钦立辑校:《先秦汉魏晋南北朝诗》,第 1430—1431 页;另参 Mather, *The Age of Eternal Brilliance*, 2:140 - 141。

④ 王粲(177—217)《七哀诗》有"南登霸陵岸,回首望长安"句,见萧统编:《文选》,卷 23,第 1087 页。

⑤ 潘岳(247—300)《河阳县》有"引领望京室,南路在伐柯"句,见萧统编:《文选》,卷 26,第 1223 页;另参 Mather, *The Age of Eternal Brilliance*, 2:140 - 141, n2。

⑥ 见谭其骧主编:《中国历史地图集》,第 4 册,第 27—28 页。

当初,当王粲回望长安(今属西安)时,他所看见的是一个被毁灭、乱离与死亡笼罩的都城。南逃荆州(今属湖北)的王粲深陷悲痛地哀呼:"蛮荆非我乡!"①与之相对,潘岳对洛阳(今属河南)的遥望,则表达出另一种情感:当时任职于荒僻之地的潘岳,迫切希望有一条引领自己回到都城洛阳之路。② 通过并置王粲与潘岳二人的视角,谢朓意在表明:当自己"望"向建康城,他同时看到了"京室"与"我乡"。对他而言,建康这个地方既有政治上的意义,又有私人的情感。谢朓将两种视阈合而为一,从而看到了自然环绕之下的都城:在皇宫殿宇之上是夕阳里耀眼华丽的"飞甍",而围绕着宫殿的,则是布满余霞的天空;再往外延览,则有澄净如练的长江、喧鸟群集的小洲与野花遍开的草地。面对眼前明丽的风景,谢朓的思绪却被一个"晚"字所占据,他在诗题中点出此"晚",预示着一切好景行将"去矣"。

根据谢朓在诗中对建康城所作的周览,不难感受到,对他而言,离京便意味着脱离"飞甍"的荫庇,而进入广阔的自然。临别之际,这样的前景总令永明诗人感到惴惴不安,因为广域自然的景象是他们所熟悉的一切事物的对立面。在谢朓的另一首诗中,离别地点位于建康城西仅数里之外的"石头城"③,其居高临下的烽火楼显然更拉近了谢朓与京邑的距离,从那里他几乎能够看见皇宫之所在。

---

① 王粲:《七哀诗》,收入萧统编:《文选》,卷 23,第 1087—1088 页;另参 Mather, *The Age of Eternal Brilliance*, 2:140 - 141, n2.

② 潘岳:《河阳县》,收入萧统编:《文选》,卷 26,第 1221—1224 页;另参 Mather, *The Age of Eternal Brilliance*, 2. 140 - 141, n2.

③ 关于"石头城",见谭其骧主编:《中国历史地图集》,第 4 册,第 27—28 页。

将发石头上烽火楼①

徘徊恋京邑,踯躅躧曾阿。
陵高墀关(阙)近,眺迥风云多。
荆吴阻山岫,江海含澜波。
归飞无羽翼,其如离别何。

这里,简单的一个"近"字,不仅表达了谢朓在空间上的临近感,更袒露了他在情感上与"墀阙"的亲近。相反,远处的"风云",在谢朓看来则显得变幻不拘,险恶莫测;而此时诗人视觉想象中的"澜波",则令前诗所描绘的"澄江"之景变得有如暴风雨前的宁静一般。

其实,谢朓与都邑宫廷也有格格不入的时候。当另一位宫廷文人王德元被派任晋安郡(今属福建)时,谢朓曾以诗相赠,并在诗里表达了自己对京邑生活的不满:

酬王晋安德元②

稍稍枝早劲,涂涂露晚晞。
南中荣橘柚,宁知鸿雁飞。
拂雾朝青阁,日旰坐彤闱。
怅望一途阻,参差百虑依。
春草秋更绿,公子未西归。
谁能久京洛,缁尘染素衣。

---

① 逯钦立辑校:《先秦汉魏晋南北朝诗》,第 1448 页;另参 Mather, *The Age of Eternal Brilliance*, 2:57。

② 逯钦立辑校:《先秦汉魏晋南北朝诗》,第 1426—1427 页;另参 Mather, *The Age of Eternal Brilliance*, 2:144 - 145。

诗的末二句遥和着西晋诗人陆机《为顾彦先赠妇诗》中的这几句：

> 辞家远行游，悠悠三千里。
>
> 京洛多风尘，素衣化为缁。①

无论是对陆机本人，还是对其所代言的顾彦先而言，西晋的都城洛阳都不是"家"。顾、陆二人来自南方，他们的"家"处于气候温润怡人的浙江一带。陆机在诗中常通过家乡和京邑的对照来描述自己的"赴洛"之旅，借以表达这一经历在身体与情感上所造成的双重的艰辛。② 在上面的引诗中，谢朓摒弃了自己的"故乡"情结，而以陆机笔下"多尘"的京洛来代指建康；此刻，无论是"青阁"还是"彤闱"都无法引起诗人的熟悉感或亲近感，它们反成为宫廷士人拘束沉闷生活的象征。在这种精神状态下，谢朓面对眼前的"劲枝"和"垂露"，反而对同僚王德元等人深居南土、满眼"橘柚"的生活充满了企羡。

在另一首诗里，谢朓又一次描摹宫廷士人拘谨卑微的生存状态：

> 敛躬每踡跼，瞻恩惟震荡。③

这里，他再度遥和了陆机的另一首诗：

---

① 萧统编：《文选》，卷 24，第 1149 页。

② 如陆机《赴洛二首》与《赴洛道中作二首》，收入萧统编：《文选》，卷 26，第 1229—1232 页。

③ 谢朓：《京路夜发》，见逯钦立辑校：《先秦汉魏晋南北朝诗》，第 1430 页；另参 Mather, *The Age of Eternal Brilliance*, 2:126 - 127。

东宫作诗①

羁旅远游宦，托身承华侧。

抚剑遵铜辇，振缨尽祗肃。

······

思乐乐难诱，曰归归未克。

忧苦欲何为，缠绵胸与臆。

仰瞻陵霄鸟，羡尔归飞翼。

陆机是西晋最著名的宫廷诗人之一，他在此诗中的形象却是一介"羁旅""游宦"之士。这里，身处宫廷的疏离感更深化了陆机的乡关之思。然而，对谢朓而言，同样的疏离感却无法通过"归乡"的情思来排解，因为"归飞翼"只属于那些清楚地知道故乡在何处的人。

"行矣倦路长"

根据史传记载，谢朓和沈约都曾长期离京外任，其具体情况可以分为两种：一是他们本人前往外地任职，二是他们随同其辅佐之皇子离京往州郡赴任。② 从沈、谢等人对此如游记一般细致的叙写中，可以看出这些经历显然为他们所铭记，其中尤以出京的旅程，经他们写来如历历在目。

---

① 此诗题据逯钦立辑校：《先秦汉魏晋南北朝诗》，第 685 页。《文选》中题为《赴洛二首》(之二)。见萧统编：《文选》，卷 26，第 1230 页。

② 萧子显：《南齐书》，卷 47，第 825—828 页；姚思廉：《梁书》，卷 13，第 232—243 页；Mather, *The Age of Eternal Brilliance*, 1：3 - 4，2：3 - 6。

刘勰《文心雕龙》称下引王赞的两句诗为"羁旅之怨曲"[①]：

> 朔风动秋草，边马有归心。[②]

这里表达的是早期文学传统中的"怨"：戍边将士归乡的前景渺茫，当"朔风"起时，随之而来的寒意，不仅直刺肌骨，更加冻彻心魄。然而，在永明诗歌中，激起羁旅怨情的，已不再是严酷无情的北风。在永明诗人的羁旅诗中，"离去"并不单纯是一种一味向前移动的状态。

羁旅途中的谢朓，其向前移动的意识往往与一种回退的感知力相互羁绊着：

> 江路西南永，归流东北鹜。
> 天际识归舟，云中辨江树。[③]

这里，谢朓乘船溯长江而行，前往位于建康城西南二百余里外的宣城（今属安徽）赴太守任。"新林浦"和"板桥"都位于长江沿岸，二者间的地段基本覆盖了谢朓此行的前半段路程。[④] 当沿着"西南向的江路"而行时，谢朓却深切地注意到"东北向的归流"朝着大海，亦朝着建康城的方向回返。伴随着舟船驶入宽阔的江面，诗人回首，终于在江天相接之际看见了一叶归舟，并引颈眺望着

---

① 刘勰著，詹锳义证：《文心雕龙义证》，第 1502 页。
② 王赞：《杂诗》，收入萧统编：《文选》，卷 29，第 1374 页。
③ 谢朓：《之宣城郡出新林浦向板桥》，见逯钦立辑校：《先秦汉魏晋南北朝诗》，第 1429 页；另参 Mather, *The Age of Eternal Brilliance*，2：217 - 218。
④ 关于谢朓行程的细节，参见 Mather, *The Age of Eternal Brilliance*，2：217，n1。同书第 219 页另附相关地图。

远去难辨的江岸。在他的另一首诗《京路夜发》里，谢朓以时间作为其离京之旅的参照系：

> 扰扰整夜装，肃肃戒祖两。
>
> 晓星正寥落，晨光复泱漭。
>
> 犹沾余露团，稍见朝霞上。
>
> 故乡邈已夐，山川修且广。①

天色、光线与空气的微妙变化仿佛使时间放慢了脚步；而这里一分一秒微希递进的时间感（这令人联想到沈约对佛教"念"的解析②）则与离京的仓促感构成了鲜明的对比。当谢朓终于得以回望时，视野中的故乡——亦即题目中的"京"——却是"邈已夐"，而诗人至此也霍然意识到自己已置身于广袤的山川自然之中。凭借其善于在动感、视觉与时间之间营造张力的诗才，谢朓创造出一种知觉和情感尤为丰富、精微而复杂的新式羁旅诗。在上引的末两句诗里，他再一次应和了陆机的诗句：

> 远游越山川，山川修且广。
>
> 振策陟崇丘，安辔遵平莽。
>
> 夕息抱影寐，朝徂衔思往。③

---

① 逯钦立辑校：《先秦汉魏晋南北朝诗》，第 1430 页；另参 Mather, *The Age of Eternal Brilliance*, 2:126-127。在此诗末几句的音节中，谢朓运用了以下的调式：A B D B A B C B A B D B A B。我们注意到，以位于中间的调式 C 和 B 的去、上两音为间隔，前六个音节与后六个音节表现出完全相同的调式。

② 正如第一章所论，"念"的范畴包含了"专注凝思"与"刹那、瞬间"的双重内涵，换言之，"念"不仅表示一种思维状态，同时也是一个时间范畴，见本书第 27—28 页。

③ 陆机：《赴洛道中作二首》，收入萧统编：《文选》，卷 26，第 1231—1232 页。

然而,不同于陆诗这里将"朝""夕"两个时间段相对的架构,谢朓诗着意描绘了破晓之际、临行之前这样一个看似短暂却持续变化的时间段。正因为如此,谢诗所描写的出行经历有着陆诗所不具的生动紧张的"实时"感。

　　沈约写其离别建康的诗歌也具有类似的"实时"感。在下引一诗中,沈约准备前往建康城以南的东阳郡(今属浙江)任太守。[①] 循着建康东北、长江下游的朱方(近今镇江)[②],沈约将其离京的旅途描绘成了一幅移动的风景:

> 分繻[③]出帝京,升装奉皇穆[④]。
>
> 洞野属沧溟,联郊溯河服。
>
> 日映青丘岛,尘起邯郸[⑤]陆。
>
> 江移林岸微,岩深烟岫复。
>
> 岁严摧磴草,午寒散峤木。
>
> 萦蔚夕飙卷,蹉跎晚云伏。[⑥]

诗中连续出现的自然景观给人一种离去时的渐行渐远之感。

---

① 姚思廉:《梁书》,卷 13,第 233 页。

② 关于沈约行程的细节,参见 Mather, *The Age of Eternal Brilliance*, 1:162, n1。正如马瑞志指出,"朱方"是"丹徒"的旧称,其地理位置见谭其骧主编:《中国历史地图集》,第 4 册,第 27—28 页。

③ "繻"是古时的一种通关符帛,具体而言,是将证明写于绢帛上,并分割为两半,一半由持有者保留,另一半则作为身份证明呈给目的地的官方。见 Mather, *The Age of Eternal Brilliance*, 1:162, n2。

④ "皇穆"指萧长懋,即齐文惠太子;见 Mather, *The Age of Eternal Brilliance*, 1:162 - 163, n3。

⑤ 如果我们想象沈约眼前的意象,可以体会到"邯郸"在此其实代指"建康",以及"素衣化为缁"的尘世。见 Mather, *The Age of Eternal Brilliance*, 1:163, n6。

⑥ 沈约:《循役朱方道路》,收入逯钦立辑校:《先秦汉魏晋南北朝诗》,第 1636 页;另参 Mather, *The Age of Eternal Brilliance*, 1:161 - 163。

从第五句的"日映"到第十句的"午寒"，再到第十二句的"晚云"，时间的推进加强了不断前行的动态效果。同时，沈约在此也如前述的谢朓诗一样，着意营构出反向动态的拉锯感：比如第四句中穿越"联郊"时对应的是"溯河"的逆流动势，而第五句中向下照射的日光则反衬了第六句里向上腾起的路尘。这些相对动态所造成的张力传达出诗人离去之际依恋不舍的情绪。然而，现实迫使他必须继续前行。上引第四组对句是沈诗中的名句：

江移林岸微，岩深烟岫复。

此处真正移动的是沈约的舟船，以及他随之转移的视线。诗句所营造出的"江移""岩深"的印象使我们联想到第三章中所论的沈约《脚下履》一诗，该诗同样营造了鞋履不断移动的印象，而实际上真正在移动的，是穿着鞋履的女子本人。[1] 可见，眼前出现的一切皆为"幻象"——这一源自佛教的另类视角——深植于永明诗学中，并往往在最意料不及之处体现出来。沈约深切地感受到其自身及其视线随着船行而不断转移，但在"升装奉皇穆"的调任面前，他却无力抗命、无法止歇。[2] 直到"晚云伏"的一刻，他不愿前行的踟蹰之感才终于得以宣泄无余。

在经历了由离京到进入大自然的过渡之后，永明诗人往往转

---

[1] 见第三章，第76—77页。

[2] 正如前文所述，沈约本在文惠太子幕下任职，太子卒后不久，他便赴任东阳太守。沈约在诗中宣称他此行是"升装奉皇穆"，可能意在表明他是受太子遗命赴任东阳，见 Mather, *The Age of Eternal Brilliance*，1:162-163，n3；也可能是暗示太子卒后自己必须离京以避政治祸端。

向自我审视。如沈约便感到有必要对自己的踟蹰犹豫作出解释，于是，继上引一段后，他接着写道：

> 霞志①非易从，旌躯②信难牧。
>
> 岂慕淄宫梧，方辞兔园竹。
>
> 羁心亦何言，迷踪庶能复。③

"淄宫"大约是指道家的某种圣境④，它与第一句的"霞志"相呼应，亦代指隐逸的生活。"兔园"，又称"竹园"，为汉梁孝王所建，是其宴乐宾客和招揽门臣之所。⑤ 与"淄宫"相对，"兔园"呼应着第二句中的"旌躯"一词，而引申为宫廷生活。在永明诗歌里，"离京"不单是地理环境的转变，它可以寓示着离开宫廷生活而进入隐逸的人生状态。在此，也许是出于自我安慰，抑或是为了向同僚表明心迹，沈约感到有必要声明：自己并无意归隐，而是希望能够重拾"迷踪"。这也许正暗示着他当时在官场失意但仍寄望于东山再起的心境。⑥ 另外，这几句也带有沈约惯有的直率自嘲的语气：坦然承认隐逸的"霞志"不易实践，而自己在宫廷里娇惯了

---

① "霞志"指归隐之志。

② 沈约用"旌躯"一词，意在表明自己作为宫臣，已经习惯于舒适的物质生活。

③ 沈约：《循役朱方道路》，见第 119 页注⑥。

④ Mather, *The Age of Eternal Brilliance*，1：163，n10.

⑤ 司马迁：《史记》，卷 58，第 2083 页。

⑥ 在距其任东阳太守近二十年后，沈约在一封信中回忆了这段经历，并暗示自己当时实有归隐之志："永明末，出守东阳，意在止足。"见姚思廉：《梁书》，卷 13，第 235 页；另参 Mather, *The Poet Shen Yüeh*，132 - 134。关于沈约对"归隐"的看法，见 Alan J. Berkowitz, *Patterns of Disengagement：The Practice and Portrayal of Reclusion in Early Medieval China*（CA：Stanford University Press，2000），171 - 184；神塚淑子：《沈約の隱逸思想》，《日本中國學會報》，1979 年第 31 卷，第 105—108 页。

的"旌驱"也难以适应隐逸的环境。与此形成对照,谢朓却在前往宣城的路上,就已经想象着归隐的生活:

旅思倦摇摇,孤游昔已屡。
既欢怀禄情,复协沧洲趣。①
嚣尘自兹隔,赏心于此遇。
虽无玄豹姿,终隐南山雾。②

从这八句中,可以看到谢朓对建康城的依恋似乎有所消散。然而,他对归隐的新生活的憧憬,并非出于对"故乡"的排斥,而是对满布"嚣尘"的"京邑"的抗拒。诗中所用"南山玄豹"的典故,是说玄豹要躲避能损伤其艳丽毛发的"雾雨"。③ 对谢朓及当时永明诗人的处境有所了解的人会知道,京邑的"嚣尘"对他们所能构成的伤害绝对远远不止"毁其毛"而已。在另一首描写离京旅途的诗里,谢朓迷失了"归家"之路:

文奏方盈前,怀人去心赏。
敕躬每跼蹐,瞻恩惟震荡。
行矣倦路长,无由税归鞅。④

这里,无论是前两句对离京后在地方上任职生活的想象,还是

① 参 Mather, *The Age of Eternal Brilliance*, 2:217。
② 谢朓:《之宣城郡出新林浦向板桥》,见第117页注③。
③ 刘向辑:《古列女传》,卷2,第15a—15b页,《四部丛刊》版。
④ 谢朓:《京路夜发》,见逯钦立辑校:《先秦汉魏晋南北朝诗》,第1430页;另参 Mather, *The Age of Eternal Brilliance*, 2:126-127。

三、四句对往日京邑宫廷生活的回忆,都难以令人舒心。诗人在羁旅途中既行且倦,渐生"归"思,却最终找不到归家之由。谢朓曾在一次奉命离京前,写信向其当时侍奉的随王道别。在信中,他三次言"归",但每一次我们都无法确定他所说的"归",究竟是希望回到皇子幕下任职,还是欲离官隐退,回归"真性情"。唯一可以肯定的是,谢朓希望结束自己"歧路东西"的人生状态。①

"恐君城阙人"

> 望乡皆下泪,非我独伤情。

上引诗句中"望乡""下泪"的主语,指诗的作者何逊及其"同羁"。② 通过凸显众人共同的"望乡"之举,何逊强调了这些"同羁"之间,以及他们与建康城之间的密切联系;从字里行间,流露出对共有身份和目标的认同。在羁旅群体中,宫廷诗人逐步调整、适应并协调着自己的身份,这一过程在下面将要讨论的谢朓诗里得到了充分的体现。

谢朓离开京城建康最远的一次,大概是他跟从随王萧子隆出任荆州刺史,前往荆州的治所江陵赴任。在写给同羁友人的诗中,谢朓难以掩饰自己在漫长冬日里的郁结情绪:

---

① 萧子显:《南齐书》,卷 47,第 825—826 页。
② 何逊:《望新月示同羁诗》,见逯钦立辑校:《先秦汉魏晋南北朝诗》,第 1706 页。何逊是沈约提拔的一批年轻宫廷诗人中的一员,见姚思廉:《梁书》,卷 49,第 693 页。

> 去国怀丘园①，入远滞城阙。
>
> 寒灯耿宵梦，清镜悲晓发。
>
> 风草不留霜，冰池共如月②。
>
> 寂寞此闲帷，琴尊任所对。
>
> 客念坐婵媛，年华稍苒蘤。③

谢朓以"城阙人"的口吻，描写自己"客"居西境的情形。他感受到这里强劲的风势，因为披风之草已"不留霜"，全不似"霜蓟江南菉"的故乡之冬。④"客念"逐渐蔓延，身居异乡的诗人数着时日挨过了每度春秋：

> 一听春莺喧，再视秋虹没。⑤

从谢朓向同羁友人的倾诉中，他对江陵生活的不适也在不经意间流露出来。

然而，在另一首描写同羁夜宴"故乡客"的诗中，谢朓却迅速转换角色，以宴会主人的口吻叙述道：

---

① 正如第四章所论，"丘园"是谢灵运划分的四类居处环境之一，它往往成为隐逸生活的象征。

② "如月"指农历二月。见 Mather, *The Age of Eternal Brilliance*, 2:100, n4。

③ 谢朓：《冬绪羁怀示萧咨议虞田曹刘江二常侍》，见逯钦立辑校：《先秦汉魏晋南北朝诗》，第 1433 页；另参 Mather, *The Age of Eternal Brilliance*, 2:99-101。

④ 谢朓：《治宅》，见第四章，第 88 页。

⑤ 此两句分别是谢朓《冬绪羁怀示萧咨议虞田曹刘江二常侍》的第十三、十四句。见本页注③。

同羁夜集①

积念隔炎凉，骧言始今夕。

已对浊樽酒，复此故乡客。

霜月始流砌，寒蛸早吟隙。

幸藉京华游，边城谦良席。

樵采咸共同，荆莎聊可藉。

恐君城阙人，安能久松柏。

由"宫廷之人"变为"樵采之人"，谢朓及其同羁似乎都已惯于席"荆莎"而坐，在这一夜，他们转而担心到访的"故乡客"——这次宴集中唯一的"城阙人"——会感到不适。谢朓在此的身份转变无疑包含着戏谑自嘲的意味。② 其实，他与"樵采"同羁的担心，恰恰暴露出他们自身居于异乡的疏离感。在诗的末句，谢朓问"恐君城阙人，安能久松柏"；饶富意味的是，这一问使我们联想到他在另一首诗中的提问"谁能久京洛，缁尘染素衣"③，而这两个问句其实更像是谢朓的自问。他的另一首题为《答张齐兴》的诗写给一位张姓同羁。在这首诗里，有鉴于张氏被派遣任职于江陵以北约二百里处的齐兴，显然更深入了北方边境④，谢朓的提问又一转而变为：

----

① 逯钦立辑校：《先秦汉魏晋南北朝诗》，第 1428 页；另参 Mather，*The Age of Eternal Brilliance*，2：102 - 103。

② 关于"樵采"一词，马瑞志认为这是"谢朓对自己及其江陵同羁友人简朴的生活状态的戏称"，见 Mather，*The Age of Eternal Brilliance*，2：103，n5。

③ 谢朓：《酬王晋安德元》，见本章第 114 页。

④ 见谭其骧主编：《中国历史地图集》，第 4 册，第 34—35 页。

> 子肃两岐功，我滞三冬职。①
>
> 谁知京洛念，仿佛昆山侧。②

尽管谢朓本人此时还羁留江陵，但他显然感到身处齐兴的同羁更需要慰藉。因此，他转用乐观的语气，在"谁知京洛念"的反问之后，随即将他们所同处的西部地区比作西王母所居之昆仑仙山。可见，作为羁旅之人，需要不断地调整自己的心态。从谢朓示同羁的这些诗里，我们看到，他不仅是在个人的立场作自身的言说，更是为与他一样离开宫廷、羁流在外的文人群体代言，从而不断地协调着他们共同的羁旅身份以及他们与京邑建康之间的关系。

归　途

离京也许是颇为艰难的，而归京的旅程也殊为不易。在一首关于归返建康城的诗中，谢朓向依然羁留江陵的同僚流露出对"故乡"含混不清的设想与五味杂陈的情感。

> 暂使下都夜发新林至京邑赠西府同僚③
>
> 大江流日夜，客心悲未央。
>
> 徒念关山近，终知返路长。

---

① "两岐功"喻指贤明的政治统治；"三冬职"则指谢朓当时担任的"随王文学"之职。见 Mather, *The Age of Eternal Brilliance*, 2:89, n5, n6。

② 谢朓：《答张齐兴》，见逯钦立辑校：《先秦汉魏晋南北朝诗》，第 1426 页；参考 Mather, *The Age of Eternal Brilliance*, 2:88 - 89。

③ 逯钦立辑校：《先秦汉魏晋南北朝诗》，第 1426 页；另参 Mather, *The Age of Eternal Brilliance*, 2:128 - 129。

秋河曙耿耿，寒渚夜苍苍。

引领见京室，宫雉正相望。

金波丽鳷鹊，玉绳低建章。

驱车鼎门外，思见昭丘阳。①

驰晖不可接，何况隔两乡。

风烟有鸟路，江汉限无梁。

常恐鹰隼击，时菊委严霜。

寄言罻罗者，寥廓已高翔。

诗的第四句中，"返路"引向江陵，而非建康；这两地在第十四句中，以"两乡"的形象同时涌上诗人的心头。诗的第七至十二句，进一步展开叙写谢朓矛盾的想象与复杂的情感。随着建康城的"宫雉"逐渐进入视野，谢朓不由地催驰车马，归心更切。但突然间，标志着西府江陵的"昭丘"②进入了诗人的脑海，他想到，日出东方之建康后，便不断西行移向江陵，最终至于昭丘，却怎奈"驰晖不可接"，他与羁留江陵的故旧依然东西相隔。从这些零散的思绪中，可以看到诗人对乡关何处与"归"往何方的不确定。在抵达京邑、即将重新面对宫廷的险恶之时，谢朓诗的结尾意欲激励自己的信心，但他给予"罻罗者"的"寄言"反而传达出其深重的危机感。与"寥廓高翔"的理想状态相反，齐梁宫廷文人往往深陷于身份与生存的挣扎之中。随着"故乡"与"京邑"之间的界限渐趋

---

① "金波"指"月光"。"鳷鹊楼"与"建章宫"都是汉武帝宫里的建筑。"玉绳"指"北斗七星"中"玉衡"北二星。"鼎门"是古城郏鄏的南门，马瑞志认为，"鼎门"一词在此似指建康城的正南门，见 Mather, *The Age of Eternal Brilliance*，2：129，n11。"昭丘"，位于江陵西北，是楚昭王墓的所在。

② 关于"昭丘"，见本页注①。

模糊，"乡关何处"，甚至"乡关何谓"的问题都难有一个明确简单的答案。谢朓对归途的不确定以及对"两乡"的想象说明："故乡"或许并不是单一的，又或许根本就不存在。对于谢朓及当时的宫廷诗人而言，无论他们身处建康还是江陵，最切近"故乡"的体验其实是来自同道之间的相聚以及一诗复一诗的互诉衷肠。

以上结论带出了"乡"或"故乡"究竟是否为一个特定之地，甚至是否关乎"地处"的问题。398 年，范宁（339—401）在主张"土断"的一篇奏议中论道：

> 昔中原丧乱，流寓江左，庶有旋反之期，故许其挟注本郡。自尔渐久，人安其业，丘垄坟柏，皆已成行，虽无本邦之名，而有安土之实。今宜正其封疆，以土断人户，明考课之科，修闾伍之法……且今普天之人，原其氏出，皆随世迁移，何至于今而独不可？①

然而，政策法令往往难以解决更深层面的"人情"问题。到了 413 年，刘裕（后来的宋武帝）重提"土断"时，便触及了"人情"的一面：

> 夫人情滞常，难与虑始，所谓父母之邦以为桑梓者，诚以生焉终焉，敬爱所托耳。②

依刘裕所言，一个人之所以"敬爱"其"父母之邦"，是因为他"生焉终焉"，其身体切实地处于其地。这种切身"地处"的联系是否会

---

① 房玄龄等：《晋书》，卷 75，第 1986 页。
② 沈约：《宋书》，卷 2，第 30 页。

自然地引发情感上的联系呢？形体上"在场"是否即意味着情感的存在呢？如果答案是肯定的，那么"故乡"的含义就变得简单明了：一个人的居处之地。

除了谢鲲墓，位于南京附近的王融先祖之墓也已被开掘。王氏墓葬的发掘，为前引范宁关于北人在南方有"安土之实"的说法提供了更多实物上的证据。[①] 尽管谢朓等人从未离开南土，但这并没有使他们对于"故乡"问题的思索与情感变得更为简单或明确。根据谢朓和王融的史传记载，他们的原籍系于二人从未涉足的北方，正如范宁所言，他们在南方可谓有"安土之实"。根据刘裕所论，他们本应"敬爱"其"生焉终焉"的南土，但其诗歌围绕着"故乡"这一主题所呈现出的困惑、犹疑与茫然之感，也许更真实地反映出他们的生存状态。本章的开篇曾引颜之推描述"羁旅"的文字，较之永明诗人，当颜之推记述自己的"移民"经历时，南朝的历史已进入了一个迥然不同的阶段。这期间，建康城已先后经历了梁末的陷落和陈代的重建，却未能免于最终的亡国的战火。生逢乱世，颜之推流亡到北方，以南人身份任职于北朝宫廷，但他始终纠结着的问题是："吾今羁旅，身若浮云，竟未知何乡是吾葬地。"[②]有鉴于颜之推流亡身世的历史背景，他的"何乡"追问不仅关涉到颜氏一人一家的升沉，也牵连着一国一朝的兴亡。相形之下，谢朓一代的永明诗人汲汲于立足建康京城的挣扎似乎显得微不足道。然而，他们的时代历史也同样残酷无情：王融被下狱"赐死"时，年仅二十七岁；谢朓在遭遇同样的命运时，也仅有三十六

---

① 关于琅邪临沂王氏的家族墓地，见罗宗真：《六朝考古》，第 105—112、159—163 页。
② 颜之推撰，周法高注：《颜氏家训汇注》，第 134 页；另参 Teng, *Family Instructions for the Yen Clan*, 211.

岁。① 颜之推亲身经历了建康城的毁灭,但在他之前,王融和谢
朓已在建康城里经历了他们自身的毁灭。他们的身世印证了一
个人被"错置"在自己的"故乡"中的可能。

_____

① 萧子显:《南齐书》,卷47,第824、827页。

第六章　出入山水

　　齐梁时期的宫廷文人、诗歌与山水留给后世的普遍印象,或可一言以蔽之曰:

　　　　沈休文诗如锦衣山行,多逢荆棘。

此语出自牟愿相(1760—1811)《小瀚草堂杂论诗》。[①] 牟氏发论不俗,通过描绘沈约"锦衣山行"的尴尬图景,而将宫廷文人、诗歌与山水三者巧妙结合,既为诗论,又兼论人。然而,鉴于沈约和当时宫廷诗人留下了数量可观的山水诗,这里值得我们思考的一个问题是:他们是否真的不谙山行?

　　永明诗歌所呈现出的人与山水自然的邂逅往往具有一种"偶然"的意味。诗人对明山秀水的探寻若非因公务旅途中的短暂迁折,便是由离京外任而获得的偶然际遇。尽管如此,永明诗人笔下与自然山水的相遇,又总是引人入胜而焕然一新。在早期的诗歌中,山水常被书写为官场的对立面,因此永明山水诗带来了一个特别的问题:对宫廷诗人而言,山水究竟意味着什么呢? 继谢

[①] 牟愿相:《小瀚草堂杂论诗》,收入郭绍虞编选,富寿荪校点:《清诗话续编》,第 2 册,上海:上海古籍出版社,1983 年,第 913 页。

灵运而后起,永明诗人的山水诗学也为我们了解大谢山水诗在其身后一个世纪的影响与接受提供了有利的契机。进入山水,可以单纯如一次离京之举,也可以复杂如一种出世的抉择。永明诗人屡屡出入于山水之间,他们对山水的爱慕丝毫不逊于前代及其同代的其他诗人;跟随着他们的山行脚步,我们可以观察到他们是否真的"得"其所追寻之美。

带回山水

陈武帝的先祖陈达随晋室南迁后,出任当时长城县(今属浙江)的县令,"悦其山水,遂家焉"。① 然而,"家焉"只是"得"山水途径中的一种。"山水"一词,体现出一种均衡的形态,它所指的并不是自然原本的样貌,而是人眼中所看到的自然。因此,"山水"的概念本身包含了某种人为的意义,而一个人之"营山水",也就合乎情理,并非不可想象的行为。孔稚珪(447—501)便是一例。同为永明时期的朝臣,他曾被沈约弹劾,后来参与弹劾王融,致后者死罪。《南齐书》的"孔稚珪传",载其"居宅盛营山水"。② 遗憾的是,孔氏究竟如何"营山水",史传并没有详述,但是我们能够想象,其中大约包含着对假山假水的安排,正如文惠太子的"多聚奇石,妙极山水"③一般。由此可见,除了以"家焉"的方式来得山水,时人还可以将山水带回家。但两者之间的区别何在呢?

这里问题的关键,在于一个人是否可以看出其中的区别。王融在一首诗里写道:

① 姚思廉:《陈书》,卷1,第1页。
② 萧子显:《南齐书》,卷48,第840页。
③ 同上,卷21,第401页。

后园作回文诗①

斜峰绕径曲，耸石带山连。

花余拂戏鸟，树密隐鸣蝉。

这首诗虽然不是王融最上乘的作品，但其诗题《后园作回文诗》为之增添了不少意趣。此处的关键词是"作"。"后园"既是一个被人为"作"出的空间，诗中描写的"斜峰""径曲""耸石"和"山连"等景象则很可能是"多聚奇石，妙极山水"的结果。② 就诗本身而言，其"作"的意味也甚为浓厚：其"回文"的形式，是以正向、逆向诵读皆能成诗的字句构成；而且，王融这首诗的"回文性"不仅体现在句法结构上，还体现在其声调搭配的模式上。③ 从视觉效果看，此诗正读给人的印象是视野由宏观远景向微观近景的移动，逆读则恰恰相反。作为一首描摹"人造"山水的"故作"之诗，这首诗与真正的自然山水之间有着两重的间隔，那么，其所"得"到的山水究竟有几分呢？ 尽管王融此诗预示着唐宋后盛行起来的"假山假水"的潮流④，但永明时期的诗人们更热衷于表现的还是真实的山水自然。

在南朝，宣称自己性好山水且曾游山涉水，即使不能称作一种风尚，也确实有不少这样的例子。我们首先联想到的当然是辑

---

① 逯钦立辑校：《先秦汉魏晋南北朝诗》，第 1405 页；另参 Mather, *The Age of Eternal Brilliance*，2：467。一些选本将这首诗辑入萧绎（508—554）名下，但我认为以王融为此诗的作者更为合理，见 Goh, "Tonal Prosody in Three Poems by Wang Rong," 64, n17，并见本书附录二。

② 关于唐前描写"石"的诗，见 Yang, *Metamorphosis of the Private Sphere*，94-98。

③ 在一篇论文中，我曾提出，这首诗的声调结构与句法结构一样，是可以逆转的。见本书附录二。

④ 关于唐宋文人对"假山假水"的热衷，参见 Yang, *Metamorphosis of the Private Sphere*。

有《游名山志》的山水诗第一大家谢灵运。[①] 与他同时代的宗炳（375—443）对自己寻访过的名山也十分重视，但不同于大谢作游山志的方式，宗炳是通过"图"来"得"山水。史载其"凡所游履，皆图之于室"。[②] 对宗炳而言，"图山水"是一种相对更直接的表现方式：

> 夫理绝于中古之上者，可意求于千载之下。旨征于言象之外者，可心取于书策之内。况乎身所盘桓，目所绸缪，以形写形，以色貌色也。[③]

虽然绘画具有"以形写形，以色貌色"的直接性，宗炳却意识到其中存在距离与观察视角的问题：

> 且夫昆仑山之大，旷子之小，迫目以寸，则其形莫睹。迥以数里，则可围于寸眸。诚由去之稍阔，则其见弥小。今张绡素以远映，则昆阆之形，可围于方寸之内。竖划三寸，当千仞[④]之高；横墨数尺，体百里之迥。是以观画图者，徒患类之不巧，不以制小而累其似，此自然之

---

① 魏徵、令狐德棻：《隋书》，卷 33，北京：中华书局，1973 年，第 983 页。此书只有残篇留存；见严可均辑：《全宋文》，卷 33，收入其《全上古三代秦汉三国六朝文》，第 2616a—2616b 页。

② 沈约：《宋书》，卷 93，第 2279 页。

③ 宗炳：《画山水序》，见严可均辑：《全宋文》，卷 20，收入其《全上古三代秦汉三国六朝文》，第 2546a 页。另参 Susan Bush and Hsio-yen Shih, eds., *Early Chinese Texts on Painting* (Cambridge, MA: Harvard University Press, 1985), 36 - 38; Tian, *Tao Yuanming and Manuscript Culture*, 28 - 31; Xiaofei Tian, "Seeing with the Mind's Eye: The Eastern Jin Discourse of Visualization and Imagination," *Asia Major* 18.2 (2005): 91.

④ 一仞约合 2.5 米。

势。如是，则嵩华之秀，玄牝之灵，皆可得之于一
图矣。①

不同于上引的王融诗，宗炳之画并不会使人产生视觉假象的怀
疑。根据《宋书》的记载，宗炳作画是因为"有疾"，他曾说道："老
疾俱至，名山恐难遍睹。"②对他而言，图画上的山水的确可以取
代现实的山水，正如他在《画山水序》中所言：

> 于是闲居理气，拂觞鸣琴。披图幽对，坐究四荒。
> 不违天励之藂，独应无人之野。峰岫峣嶷，云林森渺。
> 圣贤映于绝代，万趣融其神思。余复何为哉，畅神而已。
> 神之所畅，孰有先焉。③

宗炳此论在王融的另一首诗中得到了共鸣，后者在观赏竟陵王西
邸寺庙外的景色时，发出了"畅哉人外赏"之叹。④ 如果一幅画可
以取代真实的山水，那么一座人造之园当然能够存于"人外"之
境，由此，一块岩石也就当然可以成为一座山峰。随着山水表现
逐渐居于南朝艺术的核心，切实地置身于山水之间，只是艺术审
美的一面；更重要的另一面，在于营造出"如同"置身于山水的
印象。

---

① 宗炳：《画山水序》，见严可均辑：《全宋文》，卷20，收入其《全上古三代秦汉三国六
　朝文》，第2546a页。
② 沈约：《宋书》，卷93，第2279页。
③ 宗炳：《画山水序》，见严可均辑：《全宋文》，卷20，收入其《全上古三代秦汉三国六
　朝文》，第2546a页。另参 Tian, *Tao Yuanming and Manuscript Culture*, 30。
④ 王融：《栖玄寺听讲毕游邸园七韵应司徒教》，见本书第四章，第91页。

平衡的艺术

看山看水不同于观看一物或界限分明的一个空间，面对山水时，如果看得过于仔细，难免有力不从心之感。《世说新语》载王子敬（344—386）赞叹山阴山水道："山水之美，使人应接不暇。"[1]如果单是观赏就已经让人感到"应接不暇"，那么要描摹山水，岂不更是困难重重吗？

宗炳的山水美学旨在激发"类"或"似"的审美效果。在第三章里，我们探讨了与此相近的"形似"观念如何主导了这一时期的诗歌中状物的表现手法。作为"形似"诗学的引领者，谢灵运以其特有的"审视"山水的方式而著称。[2] 对其山水美学最为恰切的概括是"平衡"：在大谢诗中，水景总是继以山景，接着又续以水景，山水描写由此交错分布。[3] 这种平衡的布局，使诗人在勾勒山水的整体轮廓时，亦能够对其进行细致的刻画，是谢灵运山水诗的一大成就。他通过山水描写所呈现出的个人形象，是一个既能纵目四方周览全景，又不忘深入细部观察精微的游赏者。换言之，谢灵运"成功地"应对了山水之美，非但没有"不暇"之感，反而

---

[1] 刘义庆撰，徐震堮著：《世说新语校笺》，北京：中华书局，2001 年，第 82 页。这里的引语来自刘孝标注。

[2] Sun Chang, *Six Dynasties Poetry*, 52. 译者案：此书中译本对应之处将"scanning the landscape"一语译为"观赏"，见［美］孙康宜著，钟振振译：《抒情与描写：六朝诗歌概论》，上海：上海三联书店，2006 年，第 57 页。笔者认为"观赏"一词未能充分表达原著所强调的"细致端详"之意，故代之以"审视"。

[3] 孙康宜指出："明显不同于实际旅行的向前运动，谢灵运在其诗中将自己对于山水风光的视觉印象平衡化了。他的诗歌就是某种平列比较的模式，在他那里，一切事物都被当作对立的相关物看待而加以并置。"见 Sun Chang, *Six Dynasties Poetry*, 64. 另参同书第 52—53、62—73 页。此段文字的中译见［美］孙康宜著，钟振振译：《抒情与描写》，第 69 页。

显得游刃有余。到了永明诗人的时代,大谢的山水诗仍然颇具影响力,但其平衡地审视山水的方式已经显得规范化,只能带来山水表现的某种典型样态。

在一首题为《游山》的诗里,谢朓向前辈谢灵运致意。① 这首诗简练的题目本身就值得注意,因为当时的山水诗题往往会具体交代游览的时间、地点或路径等信息。从诗歌内容可以看出,这首诗并非描写某次游山的具体经历,而是对"游山"的行为作一种普遍性思考。多数学者认为这首诗是谢朓在 495 年至 497 年间任宣城太守时所作。② 但是,除以"山水都"来指称宣城外,此诗并没有提及宣城或当地山水的其他文字。

谢朓在诗中以内敛自叙起调,这显然是缘于他离京外任的现实处境:

> 托养因支离,乘闲遂疲蹇。
> 语默良未寻,得丧云谁辨。
> 幸莅山水都,复值清冬缅。

首二句,通过"支离""疲蹇"之比,谢朓充分展现出一种自嘲式的幽默。③ 但在三、四句他即转而明显地表现自己政治处境的失意和前途的不确定。接着,谢朓集中描述了在山水自然中的一种"模型式"的游览:

---

① 逯钦立辑校:《先秦汉魏晋南北朝诗》,第 1424 页;另参 Mather, *The Age of Eternal Brilliance*, 2:230 - 232。

② Mather, *The Age of Eternal Brilliance*, 2:231, n1.

③ "支离",典出《庄子》中"支离疏"的形象:"颐隐于脐,肩高于顶……上征武士,则支离攘臂而游于其间。"见郭庆藩:《庄子集释》,内篇第四,第 82—83 页;另参 Mather, *The Age of Eternal Brilliance*, 2:231, n2。

凌崖必千仞,寻溪将万转。

坚崿既崚嶒,回流复宛澶。

杳杳云窦深,渊渊石溜浅。

傍眺郁篻箬,还望森梿梗。

荒隩被葳莎,崩壁带苔藓。

鼯狖叫层嵼,鸥凫戏沙衍。

在前两句里,通过"必""将"两个副词,谢朓意在表明,他是在向我
们展示一个人"理应"如何游山的一般预设,而非他本人的真实经
历。他所勾勒的"模型式"游览明显带有谢灵运的影子:上引诗句
中,除了中间一联(第四联),其余都由一句山景、一句水景组成。
这样平衡布局的山水,实际上是由观者在游览中通过转动头颈而
交替进行仰望、俯视,以及间中"傍眺""还望"等动作来构成的。
陈美丽针对此诗提出了一个敏锐的问题:谢朓的《游山》究竟是一
首反映了谢灵运山水诗影响的作品,还是一首探讨谢灵运山水诗
体的创作呢?① 如果是后者,那么,它体现出谢朓对谢灵运山水
诗体怎样的看法呢? 有意思的是,尽管谢灵运以细致著录浙江当
地的植物而名世②,但谢朓此诗中使用的一连串植物名如"篻箬"
"梿梗"和"葳莎"更包含着与早期赋作的联系③。通过如此隐微
的暗示,他将谢灵运与早期赋作的状物传统相联结,不仅点出大
谢喜用难字、僻字和书写趋于冗长的特点,更反思了大谢诗体就

---

① Chennault, "The Poetry of Hsieh T'iao (A. D. 464 – 499)," PhD. diss. (Stanford University, 1979), 89.
② 例如谢灵运《山居赋》,见沈约:《宋书》,卷 67,第 1754—1772 页。
③ 这些植物名曾出现在一些著名的早期赋作中,如司马相如《子虚赋》、张衡(78—139)《西京赋》和左思(活跃于 300 年前后)《吴都赋》等,见萧统编:《文选》,卷 7,第 351 页;卷 2,第 65 页;卷 5,第 212 页。

何为"山水之得"所下的结论。

表面看来，谢朓通过"模型式"游览所得到的结论与谢灵运十分相似，因为二者皆在游赏山水之中，融入了哲学或宗教的省思。《游山》一诗以此段作结：

> 触赏聊自观，即趣咸已展。
>
> 经目惜所遇，前路欣方践。
>
> 无言蕙草歇，留垣芳可搴。
>
> 尚子时未归，邴生思自免。①
>
> 永志昔所钦，胜迹今能选。
>
> 寄言赏心客，得性良为善。

上引的最后两句使我们联想起谢灵运《田南树园激流植援》的末句：

> 赏心不可忘，妙善冀能同。②

谢灵运的观点，若诚如上句所示，是聚焦在同于"大通"或同于"道"的"同"上，那么其平衡的山水布局便具有宏大的象征意义，是"大通"或"道"渗透于大自然中所表现出来的一种原型。与之相对，正如永明时期的以庄园为主题的诗歌所反映的（见本书第

---

① "尚子"指隐士尚长（活跃于 54 年前后），《后汉书》中记载其名为"向长"，据载尚长在所有的儿女都成家后，遍游五岳名山，而不知所终。见范晔撰，李贤等注：《后汉书》，卷 83，北京：中华书局，2001 年，第 2758—2759 页。"邴生"指邴曼容（活跃于 1年前后），邴生为官时，不肯接受超过六百石的俸禄，最终自行离官。见班固：《汉书》，卷 72，第 3083 页。

② 萧统编：《文选》，卷 30，第 1397 页。

四章)，谢朓等诗人的内在观照其实无法完全以庄子式的"道"来加以阐释。即使谢朓从山水中也看到了哲学或宗教的意涵，但他更要彰显的不是山水与道之"同"，而是个人特定和特殊的山水体验。在另一首诗中，谢灵运看到了自己与尚子、邴生两位古代隐者的相"同"之处："毕娶类尚子，薄游似邴生。"①而上引谢朓的诗句在同样用尚子和邴生之典时，却集中关注二人归隐之前："尚子时未归，邴生思自免。"从这两句可见，"归隐"牵涉到非常个人化的考量，如何对待这一选择与何时作出此一决定皆因个人情况而异，而并不具有普遍性。同样，对谢朓而言，游历山水的经验也是"触赏聊自观"，只能由个人去切身体会。他将山水的观赏者称为"客"，然而此"客"并不是为了在更多、更新的景观中体悟到"大通"而去追逐山水；谢朓的山水游览者之所以为"客"，是因为他深知世间本没有能够"同和"万有之"大通"。这为谢朓的山水美学增添了一种独特性和个体性，而他的"山水之得"也因而显得更为个人与私有，亦即他的"真性情"。在本章末，我们还会继续探讨谢朓对山水所作的结论。

激流的唱和

自然力是现象界无定无常的最好证明。在这股力量面前，一个人的观察或许能带来了然于心的认识，也或许会引起惶惑不安的情绪。"积布矶"位于长江上游，江西九江以西约二百里处，此地的激流，显然是这样一股挑战着人类观察的自然力量。②在目

---

① 谢灵运：《初去郡》，见萧统编：《文选》，卷 26，第 1244 页；逯钦立辑校：《先秦汉魏晋南北朝诗》，第 1171 页。关于尚子和邴生的典故，见第 139 页注①。
② 见 Mather，*The Age of Eternal Brilliance*，2：147，n1。

睹了积布矶的景象后，竟陵王文学圈的另一位著名文士刘绘以《入琵琶峡望积布矶呈玄晖》一诗意图再现自己的所见：

> 照烂虹蜺杂，交错锦绣陈。
> 差池若燕羽，崭岩似龙鳞。
> 却瞻了非向，前观已复新。
> 翠微上亏景，青莎下拂津。
> 巉岩如刻削，可望不可亲。①

诗人以"却瞻了非向，前观已复新"两句，完美地表现出自己对眼前景观不断变化的意识。这两句回应了前论谢朓诗中的观景体验：

> 触赏聊自观，即趣咸已展。
> 经目惜所遇，前路欣方践。②

换言之，映入眼帘的每一个景象都发生于当下的一刻，因而也就随着那一刻的流逝而消失。刘绘诗以时间为框架来表现自己的经历，如同一帧帧地慢速播放的电影一样，一句复一句地呈现出激流变化各异的面貌。亦如电影能够回放过去的一幕，刘绘诗也再现了诗人"望积布矶"的经历，令其呈现出仿佛发生于当下的效果。

从谢朓的唱和来看，刘绘诗显然成功地唤起了读者对积布矶

---

① 逯钦立辑校：《先秦汉魏晋南北朝诗》，第 1468—1469 页。
② 谢朓：《游山》，见第 137 页注①，以及第 139—140 页的讨论。

生动的想象。谢诗道：

> 移疾觏新篇，披衣起渊玩。
> 惆怅怀昔践，仿佛得殊观。①

读刘绘所描写的积布矶，为谢朓带来了"得殊观"一般生动、立体的体验。"昔践"一词，表明谢朓曾亲到此地。② 他在借刘绘的诗句重新游历了积布矶的胜景之后，进一步描绘了自己眼中所"见"的激流：

> 赪紫共彬驳，云锦相凌乱。
> 奔星上未穷，惊雷下将半。
> 回潮溃崩树，轮囷轧倾岸。
> 岩筱或傍翻，石菌芜修干。
> 澄澄明浦媚，衍衍清风烂。

与刘绘一样，谢朓也利用诗句的更替，展现出一系列连续变动的意象，使我们能够在水流湍急的动势中，捕捉到积布矶的不同形态。他的这首诗再度引发了诗歌作为表现艺术的问题，尽管是源于阅读的体验，而且是基于自己记忆的再创造，谢朓之诗却有着与刘绘诗同样生动的效果和当下即时的感觉。刘、谢二人的往来唱和很好地反映了齐梁时期山水诗的创作与接受：无论对作者，

---

① 谢朓：《和刘中书绘入琵琶峡望积布矶》，见逯钦立辑校：《先秦汉魏晋南北朝诗》，第 1443 页；另参 Mather, *The Age of Eternal Brilliance*, 2:145—147。
② 谢朓和诗的前两句曰："昔余侍君子，历此游荆汉。"见逯钦立辑校：《先秦汉魏晋南北朝诗》，第 1443 页。

还是对读者而言,其基本观念都是将一首山水诗作为特定的具体经验来书写或解读。两位诗人面对同一景观,却创造出了两种不同的观景经验:刘绘"巉岩如刻削"等句更注重激流的质感,而谢朓"奔星上未穷,惊雷下将半"的描写则侧重于其速度与冲击力。作为个人感官与时间互动的结果,诗中所描摹山水的每一种形态样貌都不是恒久或静止的。换言之,任何的山水景观都不可能只具有一重面相。

行于山水间

如果不用平衡交替的方式,那么诗人在山水之间又当如何放眼和行步呢? 正如他们在庄园里用门、窗框架空间一样,永明诗人也用山丘、江河、溪涧、峡谷等自然个体形态来标志山水。然而,他们对山水的"掌握",最终还是有赖于其五官感觉和肢体行动所积累的亲身经历。对永明诗人而言,最具挑战性的是如何通过自己的行动赋予山水以动态。

徒步、驾车、乘船等不同的移动方式带来了不同的山水经验。在《早发定山》一诗中,沈约便完全将他观赏山水的经历与他行进的具体方式紧密地关联起来。以下是他眼前的"奇山":

> 标峰彩虹外,置岭白云间。
> 倾壁忽斜竖,绝顶复孤①圆。
> 归海流漫漫,出浦水溅溅。

---

① 我认为,此处"孤"字当为"弧"字之误。

> 野棠开未落,山樱发欲然。①

沈约首先用"彩虹外""白云间"来突出定山的高度。接着出现的,是变化中的山势景观,由此,我们意识到诗人实际是身处于行船之中而仰头望向定山。这里所产生的幻象,即山在移动和变幻的错觉,在沈约的其他一些诗中也有类似的表现。现实中的定山位于杭州西南、渐趋浙江的河口宽阔处。② 随着沈约所乘之船逐渐远离山带而进入开阔的水域(应即为浙江),诗人的视线也由水流转向了江岸的野花。他的描写自始至终都保持着动感:与奔流的江水相映成趣的是悄然而动的"野棠"和"山樱";末二句的"未""欲"两个副词暗示了山花并不是静止的,而是处于连续的变化之中。在这首诗里,沈约利用舟行架构自己的视角,摹状了定山周围一番移动着的风景。

宗炳在其《画山水序》中,提到画山时所运用的"竖划""横墨"等笔法。在诗歌创作里,勾画线条和轮廓也是摹状山色的重心。诗人需要意识到,除了纵向的高度,一座山还具有其他各种丰富的轮廓。谢朓在《游敬亭山》一诗中,便显然注意到了这一点。敬亭山位于宣城以北,这首诗当作于谢朓任宣城太守时:

> 上干蔽白日,下属带回溪。
> 交藤荒且蔓,樛枝耸复低。③

---

① 这里所引是原诗的第三至十句,见逯钦立辑校:《先秦汉魏晋南北朝诗》,第 1636 页;另参 Mather, *The Age of Eternal Brilliance*, 1:164。
② Mather, *The Age of Eternal Brilliance*, 1:164, n1。
③ 此处所引是谢朓《游敬亭山》的第五至八句,见逯钦立辑校:《先秦汉魏晋南北朝诗》,第 1424—1425 页;另参 Mather, *The Age of Eternal Brilliance*, 2:233 – 234。

诗人以前两句划定了山的上限与下限,从而将自己"游"的空间置于其中,在那里,他看到了时而荒疏、时而蔓生的"交藤"和上下摇动着的"樛枝"。于短短的四句诗中,谢朓展现出山所能具有的不同的形态、线条和轮廓。在此基础上,他进一步增加了动物的啼鸣,以表现时间之流逝:

> 独鹤方朝唳,饥鼯此夜啼。
>
> 泄云已漫漫,夕雨亦凄凄。

诗人从"鹤唳"的早上出发,在山中游历至"鼯啼"的近夜之际。当山行即将结束时,已是"泄云漫漫""夕雨凄凄"的天色。时间和天气的变化使这一刻变得具体起来,不仅为诗人的游历增添了独特性,而且愈加生动地演绎了敬亭山有如鬼魅一般的摄人之美。

如谢朓《游敬亭山》一诗的表现手法,具体地去捕捉某个特定的时刻,最易引发一种如同置身于当下的阅读感受。沈约在从两种不同的角度描写位于金华的玄畅楼时,便重新印证了这一点。[①] 首先,他摹状了楼自身的样态:

> 危峰带北阜,高顶出南岑。
>
> 中有陵风榭,回望川之阴。
>
> 岸险每增减,湍平互浅深。

---

① 沈约:《登玄畅楼》,见逯钦立辑校:《先秦汉魏晋南北朝诗》,第 1634 页;另参 Mather, *The Age of Eternal Brilliance*, 1:171–172。

> 水流本三派，台高乃四临。①

这里，沈约登楼的过程，仿佛是他自己（并带同读者）实地熟悉玄畅楼周围景致的过程。这些诗句读来如同详细的导览资料，旨在为旅人做好现实游览的准备。接着，沈约以"上有离群客，客有慕归心"两句，将自己作为一个旅人凸显出来，继而看见：

> 落晖映长浦，焕景烛中浔。
>
> 云生岭乍黑，日下溪半阴。

不同于诗的前半部分的概括性视角，这四句所呈现的是置身楼上之"客"的视觉所捕捉到的具体景象。在"云生"伴随"日下"的一瞬，前一刻所见的晖光焕景乍然变作一片昏暗。② 正如谢朓所言，"触赏聊自观"，真正为己所得的山水，并不取决于自身对山脉水系相关知识的了解，而是在某个特定的时刻亲历亲见的景象。沈约此诗里仅仅用这一刻的瞬间，便戏剧性地活现了玄畅楼的夕阳之景。

---

① "玄畅楼"，据称是沈约任东阳太守时下令修建，后来因其《八咏诗》而被重新命名为"八咏楼"。（沈约《八咏诗》，见逯钦立辑校：《先秦汉魏晋南北朝诗》，第 1663—1669 页；另参 Mather, *The Age of Eternal Brilliance*，1:173 - 199.）本诗第一句中"北阜"，据考指东阳城北的金华地区。第四句的"川"指东阳江，它与永康江的上游和北港下游相汇合。第七句的"三派"大约即指三江的交汇，交汇后三江皆入谷水。见 Mather, *The Age of Eternal Brilliance*，1:171，n1 - 4。

② 这四句不仅具有显著的景物变化，其语音的变化也臻于极致，每一句中，四种调式都具有不同的组合方式，突出了音调的多变性：

> D A C A B
> C B D A A
> A A B C D
> D B A C A

　　永明山水诗里这样特定的一时一刻,常常由光、影的变化或云、雾的移动而造成。在上引沈约的四句诗里,幻化的光、影、云、雾都被摄入其中。尽管这些时刻,尤其从置身于阔大山水中的角度来看,总显得异常短暂,但它们代表着永明诗人状物摹景最高的境界,也是他们有别于前代诗人如谢灵运等的最重要的标志。下引诗句是永明诗中表现此类特殊时刻的另一例:

　　　　日华川上动,风光草际浮。①

　　这里所描写的"浮光"意象,在谢朓诗中并非孤例。原来光不仅能在日照下的河川上闪动,也能在风吹动着的草坪上飘浮;当它消失时,亦会产生同样惊人的视觉效果。在一首写"八公山"的诗中,谢朓便利用光进入视野,旋即又消失不见的变化,唤起了一段历史记忆:

　　　　阡眠起杂树,檀栾荫修竹。
　　　　日隐涧疑空,云聚岫如复。
　　　　出没眺楼雉,远近送春目。②

　　八公山是383年著名的淝水之战的战场。在这场战役中统帅东晋一方的上将正是谢朓的同族先祖谢玄(343—388)。然而这里,谢朓的"春目"却并不热衷于前朝战事。在云雾的聚散中,过去的

---

① 谢朓:《和徐都曹出新亭渚》,见逯钦立辑校:《先秦汉魏晋南北朝诗》,第1442页;另参 Mather, *The Age of Eternal Brilliance*, 2:93。
② 谢朓:《和王著作融八公山》,见逯钦立辑校:《先秦汉魏晋南北朝诗》,第1440—1441页;另参 Mather, *The Age of Eternal Brilliance*, 2:84-85。

阴影时现时没，萦绕于诗人专注的视线之前。没有日光的照射，溪涧变成狭长的黑色空隙，令人生疑。这幅空洞黑隙的视象，正如我们在黑夜里关灯或在暗室中闭目时的乍然"所见"一般，并使人联想起佛教意义上的"空"的观念。齐梁诗歌里对佛教"空"字的明确使用，可以追溯到与谢朓关系密切的随王萧子隆的这首诗：

> 初松切暮鸟，新杨催晓风。
>
> 榛关向芜密，泉途转销空。①

在深厚的佛教背景下，随王此诗以佛教之"空"代指人的死亡，而从上引谢朓诗亦用"空"字来暗喻往昔战事的诗句中，我们也感受到同样肃穆沉重的佛教意蕴。在谢朓的另一首诗里，"空"的意象却与"光"相伴而生。

这首诗的题目《将游湘水寻句溪》点出了谢朓此行发生的具体时刻。② 下引的诗句则勾勒出诗人在那一刻如何观看，又看到了什么：

> 瑟汩泻长淀，潺湲赴两岐。
>
> 轻苹上靡靡，杂石下离离。
>
> 寒草分花映，戏鲔乘空移。

---

① 萧子隆：《经刘瓛墓下》，见逯钦立辑校：《先秦汉魏晋南北朝诗》，第 1384 页。刘瓛（434—489）是齐代德高望重的儒者；随王萧子隆此诗，与包括谢朓、沈约之作在内的其他四首诗，皆为与竟陵王萧子良唱和的同题之作。关于永明时期围绕着随王的文学文化活动，参见網祐次：《中國中世文學研究》，第 35—40 页。

② 逯钦立辑校：《先秦汉魏晋南北朝诗》，第 1425 页；另参 Mather, *The Age of Eternal Brilliance*, 2:271。

> 兴以暮秋月，清霜落素枝。

诗人之眼几乎饱览了溪面上与溪水中所有的空间。在宏观地审视了狭长的溪流后，他的视线转向水上的"轻萍"与水下的"杂石"。随后，诗人进一步"填满"剩余的空间：先看到的是从花的间隙中"映出"的寒草，后是"乘空移"的鲔鱼。然而，这里虽说是用视线来"填满"空间，实际的效果却是无法填塞的空净之感："戏鲔乘空移"一语恰恰营造了鲔鱼在无有的空间中游移的错觉。在暮秋的月色下，溪水澄净如一面明镜，空脱脱地任鱼游动。谢诗此处的描写正与刘绘之弟刘瑱仅存的一首诗中对琵琶矶的描写异曲同工：

> 烟峰晦如昼，寒水清若空。[1]

在谢朓诗的末尾，正当诗人循着光源而向上仰望秋月时，其视线却又突然随着"落素枝"的"清霜"跌回到溪面。这一始料未及的视线转动为诗人专注洞彻的凝视增添了流动感。正如诗题所示，谢朓此行只是其旅途中的一段岔路，随着观景的结束，诗人大概也已做好了继续前行的准备。

退出山水

那些进入山水的人，其实从未打算永久地居于山水之间。当东晋的陈达作出安家于浙江的决定时，曾道："此地山川秀丽，当

---

[1] 刘瑱：《上湘度琵琶矶》，见逯钦立辑校《先秦汉魏晋南北朝诗》，第 1470 页。

有王者兴，二百年后，我子孙必钟斯运。"①的确，陈达的后裔陈霸
先于东晋建国二百四十年之后登位为陈武帝，若非如此，今天也
许就不会仍留存有关于陈达的任何记载。陈达的故事似乎说明，
进入山水的目的，在于最终以更优越的姿态退出山水。那么，当
山水中人自言"忘归"于其中时，又意味着什么呢？如谢灵运在其
名作《石壁精舍还湖中作》一诗里，便点出了"忘归"的旨趣：

> 昏旦变气候，山水含清晖。
> 清晖能娱人，游子憺忘归。②

此处"忘归"的"游子"，再现了楚辞《东君》中"羌声色兮娱人！观
者憺兮忘归"③的形象。楚辞的"东君"和谢诗的"游子"随即作出
了同样的选择：前者往东边"杳冥冥兮"的归路行去④；至于后者
谢灵运，此诗本就是他在还归途中所作。这里，在本章的末节，我
们又回到了山水之"得"何所在的问题。

　　与前代的诗歌一样，永明诗中也常有眷恋山水甚至祈愿永居
于山水之间的各种表述。这类表述，亦同于以往的山水描写，可
以被解作寄托着离官或归隐的喻意。在对古典诗歌的解读中，
"悠游于山水间"总是被等同于"去官归隐"。由于永明山水诗常
以诗人离京外任的经历为背景，因而诗中对山水之美的赏鉴也往
往是对官场生活的反思。如沈约在往东阳赴任的途中岔道前往

---

① 姚思廉：《陈书》，卷1，第1页。
② 根据《文选》注，"石壁精舍"是山谷中的一所书斋，见萧统编：《文选》，卷22，第1044
　页；"精舍"也可指佛教寺院。此诗亦见逯钦立辑校：《先秦汉魏晋南北朝诗》，第
　1165页。
③ 王泗原：《楚辞校释》，第232—235页；另参 Hawkes, *Ch'u Tz'u*, 41-42。
④ 参 Hawkes, *Ch'u Tz'u*, 42。

新安江游览之后,在诗中论道:

> 纷吾隔嚣滓,宁假濯衣巾。[1]
>
> 愿以潺湲水,沾君缨上尘。[2]

在此,沈约一如既往地回到"冠缨"之人的身份。但与以往的不同之处在于:此时的沈约已被"净化",而他的赠诗对象,即身处京邑的"游好",却依然蒙着尘埃。其实,更能反映永明诗人心态的,是诗人面对山水之美时所表现出的自我克制与自我提醒。以谢朓为例,他在一次从早至晚游历敬亭山后,产生了欲"陵丹梯"以升仙界的渴望:

> 我行虽纡组,兼得寻幽蹊。
>
> 缘源殊未极,归径窅如迷。
>
> 要欲追奇趣,即此陵丹梯。
>
> 皇恩竟已矣,兹理庶无睽。[3]

此刻的谢朓已经走出得足够远,再向前一步,他便会踏上一条迥异的人生之路。然而,尽管眼前的"奇趣"充满着诱惑力,诗人最终还

---

①《楚辞·渔父》有"沧浪之水清兮,可以濯吾缨;沧浪之水浊兮,可以濯吾足"句,见洪兴祖撰,白化文等点校:《楚辞补注》,卷7,第180—181页;王泗原:《楚辞校释》,第296页。

② 沈约:《新安江至清浅深见底贻京邑游好》,见逯钦立辑校:《先秦汉魏晋南北朝诗》,第1635页;另参 Mather, *The Age of Eternal Brilliance*, 1:166。"新安江"源于浙江西部、东流至建德的谷水,二水汇合成为浙江,浙江继续流向东北,并最终汇入杭州湾。见 Mather, *The Age of Eternal Brilliance*, 1:166, n1。

③ 谢朓:《游敬亭山》,见逯钦立辑校:《先秦汉魏晋南北朝诗》,第1424—1425页;另参 Mather, *The Age of Eternal Brilliance*, 2:233-234。

是被"皇恩"之思所牵绊，而克制住了自己的愿想与前行的脚步。由此，我们可以提出两个相关的论点。其一，正如本章前文所论，如果"归隐"能够被理解为投身于精神上的修养或是宗教意义上对开悟的追求，那么谢朓认知中的"归隐"便是一种极个人、极个别的历程。前述他的《游山》一诗化用了"尚子"和"邴生"的典故，表明他认识到，即使是上古的隐者，也需要时间处理好实际事务或进行慎重的考虑，方能作出最后的决断。其二，值得注意的是，493 年，齐武帝在遗诏中专门嘱咐其继位者和宫廷上下，"显阳殿玉像诸佛……可尽心礼拜供养"，却同时下令"公私皆不得出家为道，及起立塔寺，以宅为精舍，并严断之"。[1] 虽然现实中也许并没有类似的朝廷制令或皇帝诏书能直接影响谢朓和其他宫廷诗人在诗歌中的具体表述，但齐武帝的这条遗诏至少向我们提供了谢朓"皇恩"一语背后可能具有的一种历史语境。对宫廷文人而言，即使沉浸于山水自然中，也似乎有必要保持一定的理性，乃至戒备之心。

永明诗人在明山秀水面前表现出的理性与自制力，不仅为他们的山水诗增添了令人耳目一新的坦诚的风格，而且揭示出了如何真正观赏山水自然的另一种可能性。沈约随着舟行而观赏了定山变化的景色，继而写道：

> 忘归属兰杜，怀禄寄芳荃。
>
> 眷言采三秀，徘徊望九仙。[2]

---

[1] 萧子显：《南齐书》，卷 3，第 62 页。在佛教中，"āranyaka"意为"出家"，并在"僧伽"群体中进行纯粹的佛教徒生活。

[2] 沈约：《早发定山》，见逯钦立辑校：《先秦汉魏晋南北朝诗》，第 1636 页；马瑞志指出，诗中"采三秀"来自《楚辞·九歌》的意象，"九仙"则指"九类善仙"。参 Mather, *The Age of Eternal Brilliance*，1:164，n8，n9。

诗人在这一刻尚且"忘归",在下一刻即转而"怀禄"。即使诗人的
视线继续望向仙界,他的船却继续前行,载着他渐渐远离定山。
尽管表面看来,沈约似乎显得踌躇不定,但值得一提的是,他大概
从一开始就没有归隐山中的打算。下面几句是谢朓在句溪的片
刻闲游后的所思所感:

> 鱼鸟余方玩,缨緌君自縻。
> 及兹畅怀抱,山川长若斯。①

正如马瑞志指出,上引第二句是谢朓对他自己的"另一个自我"
(alter ego)所说的话。② 有趣的是,谢朓在这里清楚地认识到:将
缨緌系于自己身上的,正是他本人。然而,他的这种自认非但没
有影响他在此刻所享受到的愉悦,反而使他在面对山川的恒远之
时,更加珍惜眼前短暂的"畅怀抱"的一刻。谢朓在与两位友人唱
和的一首诗中,更直接地表达了这样的意识:

> 白水田外明,孤岭松上出。
> 即趣佳可淹,淹留非下秩。
> (府君遥和)③

诗的最后一句突兀地申说自己没有离开官场的意图,仿佛既是为

---

① 谢朓:《将游湘水寻句溪》,见逯钦立辑校:《先秦汉魏晋南北朝诗》,第 1425 页;
　　Mather, *The Age of Eternal Brilliance*, 2:271。
② Mather, *The Age of Eternal Brilliance*, 2:272, n6.
③ 谢朓:《还途临渚》,见逯钦立辑校:《先秦汉魏晋南北朝诗》,第 1455—1456 页;另参
　　Mather, *The Age of Eternal Brilliance*, 2:281。

了安抚同僚友人，又兼有自我宽慰的意味，其中表现出的似是谢朓对自己作为宫廷文臣之身份的顾虑。① 然而，换一个角度来看，这句诗恰恰可以理解为谢朓领会到"即趣"之赏与仕宦之途二者间能够并行不悖，也就是说，在涉足山水与投身官场之间，其实并不存在矛盾。这一点正是永明山水诗中最为可观的新的洞见。

换言之，永明山水诗是对特定时刻的记忆。从上引谢朓诗里，我们注意到，诗人是在"遥和"友人。正如他应和刘绘"积布矶诗"时一样，在写作这首《还途临渚》时，谢朓本人可能并不在"临渚"的现场。其实，创作时"不在现场"是当时普遍存在的现象。即使最臻于"忘归"境界的画家宗炳，也需要待到游履完毕之后，才能将山景"图之于室"。② 宗炳用笔势和墨色在绢帛上再现山色并通过"卧以游之"的方式，借观画而重访"游山"经验的做法，与谢朓等永明诗人用诗笔描摹山水的创作可谓异曲同工。③ 对他们而言，谢灵运平衡的山水布局已经无法呈现他们在山水中所体验到的具体的一刻；而当这一刻得到了充分的表现时，则不仅能为本人保存其时其境的记忆，而且使本人能与他人分享和交流这份记忆。

实现这种"具体的一刻"的前提，是个人通过自己的眼睛作出的观察。这一点质疑了世间存在着供所有人效法或依循的同一模式的看法。谢灵运曾写道：

---

① 据考，这首诗为谢朓于宣城所作，这是谢朓人生中较为闲适愉悦的一段时间。参 Mather, *The Age of Eternal Brilliance*, 2:281, n1。
② 据史载，宗炳"每游山水，往辄忘归"。一次入庐山，其兄甚至需要"逼与俱还"。宗炳家贫，却多次拒绝朝廷征召。见沈约：《宋书》，卷93，第2279页。
③ 同上。

　　虑澹物自轻,意惬理无违。

　　寄言摄生客,试用此道推。①

谢灵运为所有愿意提升自我生命的人指出了可循之道。正如前文所论,谢朓却提出了不同的主张,而体现出更私人化、更个体的人生观:

　　永志昔所钦,胜迹今能选。

　　寄言赏心客,得性良为善。

相较于谢灵运可覆盖众生万有之"道",谢朓着眼的是个人的"真性情"。宫廷文人的生活往往有身不由己的处境。谢朓这些诗句所展现出的山水之赏是永明诗歌唯一能够为个人选择发声的时刻。对宫廷文人而言,能够真正为其本人所拥有并传诸历史的,莫过于其回忆。鉴于永明诗人的生平和创作都与竟陵王萧子良密切相关,在此谨以萧子良对山水的回忆作结:

行宅诗序

　　余禀性端疏,属爱闲外。往岁羁役浙东,备历江山之美。名都胜境,极尽登临。山原石道,步步新情。回池绝涧,往往旧识。以吟以咏,聊用述心。②

---

① 谢灵运:《石壁精舍还湖中作》,见萧统编:《文选》,卷 22,第 1044 页;逯钦立辑校:《先秦汉魏晋南北朝诗》,第 1165 页。
② 逯钦立辑校:《先秦汉魏晋南北朝诗》,第 1383 页。

结　语

在本书中，我始终将永明诗人称作"宫廷诗人"或"宫廷文人"。在中国传统语境下，"宫廷诗人"或"宫廷文人"的概念，时常带有负面的含义，像是在说这些宫廷诗人算不上是"真正"的诗人，而只不过是以诗文取悦主上的侍臣。诚然，永明诗人的创作，自然包含着取悦主上，尤其是赢得君主赏识的动机，但同时，他们的时代，又是一个见证了诗歌与多面复杂、蓬勃发展的宫廷文化错综交织的时代。他们以宫廷文人之身份而作诗，在其中倾注了多重的追求，包括展现自身的才华、探索政治与个人追求之间的平衡、完善诗歌的境界与技巧等。因此，充分考量其作为宫廷诗人的处境与需要，并不意味着轻视其诗学与诗作，恰恰相反，这个角度让我们得以聆听这些诗人对人生基本问题的诉说，并得以见证和感受他们精妙的诗歌技巧和新鲜的感官经验。在以往的研究中，永明诗人总是被简单而生硬地定位在"四声八病"这套声律规则的发明上，然而通过本书的讨论，我们看到，他们的诗学其实极为清新活脱，不仅在四声韵律的层面，还从个人感官和空间与时间的交错中来回应、演化前代诗人的诗歌。

本书的一条主线是考察五六世纪时，佛教如何被纳入了中国的宫廷文化而构成此时期宫廷文人独特的诗学。我所集中关注的问题并非具体的佛教活动或佛学思想本身，而是中古时期的宫廷文人如何将佛教观念融入诗歌创作的技巧,又如何以此来表现自己的人生状态。为了给这一主线设定好前提,我考察了当时佛、儒交融的一种复合型的个人价值观念。以沈约为代表,我讨论了他在论著中如何将儒家理想的"人才"观念和佛教的"贤者"概念结合起来。可以想象,这种探索极易形成两个方向的考察,即对沈约等人作为儒者的一面与他们作为佛教信徒的一面分别进行讨论,但我认为更值得关注,也更符合历史实际的,是这一时期儒、佛的合流以及宫廷诗人集二者于一身的崭新现象。通过本书大量的作品分析,可以看到,永明诗人常常在表现出对仕途和拔擢的追求的同时,也流露了他们在佛教修行中渴望达至开悟的理想。以如此双向、多重的角度来解读他们的诗作,我们发现,一件精美的物品比如一幅刺绣,既能引发永明诗人对自身"实用"价值的联想,亦能触动他们万物皆空的终极理念。在他们笔下,"园"是一个模造自然、自给自足并进行佛教修行的个人空间,但这一切都以暂时退离宫廷为前提。京邑对他们而言,既是故乡,又非故乡,它时而激起诗人的归属感和乡情,时而却又使他们在不安中迫切地寻求精神皈依。尽管山水自然常被作为官场的对立面,但它能使永明诗人在不摒弃"城阙人"身份的情况下,不仅得到了精神的焕新,而且获得了对旧日足迹的珍贵回忆。通过将永明诗人的佛教观置于其他的观念取向和相关的各种问题之间来探讨,我们更加清楚地看到了佛教如何被纳入永明诗人的自我表现与自我叙述中,并由此使其诗歌里混合多元又丰富无比的声音得以凸显出来。

佛教对永明诗学更为关键的影响,体现在诗人感知周遭事物和现象的经验上。正如第一章所论,佛教成实宗的教义尤其强调微观和解析的思维方式,这很可能影响了沈约对精密的思维过程的独特认识。他对思维流程的解析，即将之分解为一个一个单元素的"念"，在传统中国对时间和思维的认识上都具有决定性的意义。以此为基础，沈约进一步认识到：只有摆脱了混乱无序的思维，并继之以念念相续的方式，才能逐渐导向最终的开悟。与此相应，沈约、谢朓和王融等永明诗人亦在他们的诗歌中反复呈现一种"精确捕捉"的过程。无论是一连串的声响，一个微小的物体，还是目不暇给的景观或体感身受的动态，永明诗人总是将其"析解"，一点一滴、一分一寸地呈现它的状貌，给人以他们在持续不断、清晰精准地听、看、感的印象。因此，他们的诗歌可谓一种感官知觉高度专注而敏锐的个体经验。

最重要的是，到了永明诗歌，诗人对声音、物色、空间和动态的表达已经完全可以作为他的"诗性自我"（poetic self）而存在。于此，永明诗人并非将注意力转移到诗歌表面或外在的形式，而是格外强调视听过程背后的"思心"。他们并不认同其创作仅仅是对形式的塑造，而是将他们自己确立为一种新的诗歌与审美的主体。在他们的诗歌美学中，"诗言志"这一将诗歌创作视为一个由内感而外达的过程的传统范式并没有改变，只是在他们新的诠释下，诗人内在的"志"能够通过他如何听、如何看而得以表达，"诗言志"在此与诗人的思维方式，即其"思心"，直接相关。① 与他们观点相近的诗论家刘勰即在一篇论声韵变化的文中直接表达了这种对"志"的新的诠释。刘勰比较了贾谊（前 200—前 168）、枚乘（卒于前 140 年）"两韵辄易"与刘歆（卒于 23 年）、桓谭（约前 23—56）"百句不迁"的两种不同的用韵方法，认为二者之

---

① 在第二章中，我讨论了沈约的诗学主张里关于"志"和"诗言志"传统的新的诠释，见本书第 42—44 页，以及第 42 页注②。正如前述，我在讨论"志"时，参照了宇文所安对此概念的理解。

间的差别在于他们"各有其志"。① 他评价西晋(265—316)文人陆云(262—303)时指出:"观彼制韵,志同枚、贾。"②可见,刘勰将诗人在作品中创制声韵的模式理解为其内在之"志"的体现。③这样的诗学观念引领了一种新的诗歌美学的意识,启发诗人不仅通过作品表现的内容,而且通过作品表现特定内容的方式来"言志"。由此,如何书写敏锐精微的视与听便成为中国诗学的核心问题。

这里,我们不妨以有"诗佛"之称的唐代诗人王维(701—761)的一首作品为例,来考察永明诗人所建立起来的诗学和审美主体在后世的发展演变:

渡河到清河作④

泛舟大河里,积水穷天涯。

天波忽开拆,郡邑千万家。

行复见城市,宛然有桑麻。

回瞻旧乡国,淼漫连云霞。

这首诗所呈现出的感官经验,线条颇为粗疏,轮廓也比较模糊,明显不同于永明诗中那种细致入微的感知方式。⑤ 但王维泛舟黄

---

① 刘勰著,詹锳义证:《文心雕龙义证》,卷 7,第 1276 页。

② 同上。

③ 在《声律》篇中,刘勰提出"声萌我心",体现出"声"是内心情志的外在化表现。参见 Goh, "Tonal Prosody in Three Poems by Wang Rong," 59—60。

④ 彭定求等编:《全唐诗》,卷 125,北京:中华书局,1985 年,第 1250—1251 页。

⑤ 余宝琳(Pauline Yu)从王维诗歌中,看到了一种"对视觉的含蓄否认",并指出"当我们考虑到当时强调直觉而非感官认识的哲学与宗教基础时,这一点也并不意外"。见 Yu, *The Poetry of Wang Wei: New Translations and Commentary* (Bloomington: Indiana University Press, 1980), 155。

河、引颈眺望水天之际的场景使我们想起谢朓泛舟长江,回望时
而吟咏的诗句:"天际识归舟,云中辨江树。"①王维通过变化的景
观表现舟船持续前行的笔法也令我们联想到沈约对其离别建康
的旅程的描写:"江移林岸微,岩深烟岫复。"②居于王维诗歌核心
的,同样是其感官主体。尽管王维这首诗展现出较为疏淡的观照
方式,但它仍然反映了诗人清楚地意识到:"如何看"就是"如何
诗"。此外,值得一提的是,在王维所处的盛唐时代,即使诗歌声
律已经朝着更加简化的"平仄"相对的方向发展,上引这首诗却仍
然保留了永明诗中更为细致的"四声"的痕迹。③ 例如,上述八句
引诗的句末音节的声调,构成了一种高度锤炼的搭配形式:B/A/
D/A/B/A/D/A。④ 由此可见,即使到了八世纪,在这位深受当时
禅宗佛教影响的诗人笔下,我们依然可以看到他对永明声色诗学
的传承。

　　明代(1368—1644)文学批评家陆时雍(活跃于 1633 年前后)
曾嘲讽沈约"有声无韵,有色无华"。⑤ 陆氏的这一评语出于他本
人以"神"或"神韵"为标准的诗学理论;他追求的是使诗歌能在
"言外"生发意象、情感,或道德与哲学的兴味。⑥ 然而,永明诗人

---

① 谢朓:《之宣城郡出新林浦向板桥》,见第五章,第 117 页。
② 沈约:《循役朱方道路》,见第五章,第 119 页。
③ 在"平仄"声律理论中,"上""去""入"三调被统归入"仄声"调,与"平声"调相对。与
　　"平、上、去、入"的四元调式相比,"平、仄"二元的调式体系无疑更加简化。"平"
　　"仄"二词最早被作为一组声律概念,可上溯到殷璠的《河岳英灵集》序(成书时间约
　　在 753 年)。见 Mair and Mei, "The Sanskrit Origins of Recent Style Poetry,"
　　409。
④ 此即"上/平/入/平/上/平/入/平"。
⑤ 陆时雍:《古诗镜》,第 10b 页,收入《景印文渊阁四库全书》,台北:台湾商务印书馆,
　　1986 年。
⑥ 见王运熙、顾易生主编:《中国文学批评通史》,第 5 册,上海:上海古籍出版社,1996
　　年,第 557—566 页。

赖以发展其诗学、展现其才华并追求开悟的关键理念是"精"。求"精"的过程，与陆时雍强调"言外"的角度正相反，而恰恰偏重于"一言一字之中"。这种诗学要求读者密切关注诗中音调与声韵的交错，观察角度的持续转换，景色物象深处的细节，以及时间和光线的微妙变化。通过如此细致入微的体会，永明诗歌的读者得以参与一种蕴于其中而精微无比的感官经验，并得以为其浓郁的宗教意蕴和复杂的情感内涵所触动。显然，我们今天已经无法聆听永明诗人所能听到的"平、上、去、入"或"高下低昂"的音声；受着高速的电子化"声色"的冲击，我们也早已失去了永明诗人所拥有的细致入微的感知能力。无论是对我们现代人的感官习惯而言，还是从传统上质疑形式表现的文化取向来看，永明诗歌的声色世界都显得格格不入。但是，当我们由永明诗人现存的"无声文本"投入他们声色并茂的感官世界时，我们的眼前如同豁然展开了中古时代的诗歌脉络，而我们的五官也仿佛渐渐恢复了知觉。

附录一 沈约《郊居赋》押韵模式解析

　　我在第二章中根据《梁书》所载的一则轶事,讨论了沈约的长篇《郊居赋》中声调构拟尤为引人入胜的两段文字。① 在第四章中,我也对《郊居赋》所体现的"园"与自然、宫廷、自身之间的微妙关系作了剖析。在以下的附加材料中,我将对《郊居赋》的押韵模式以及韵尾的四声分布进行分析,以辅助我们进一步理解和体会此赋在音声方面的精炼华美。

表一　沈约《郊居赋》押韵分析表

《郊居赋》内容结构 与换韵②	句序	句数	韵部③与累计 换韵次数④		调式
一、赋序	1—20	20	阳 *yang*		平
二、沈氏家族史	21—28	8	止 *zhi*	(1)	上
	29—36	8	暮 *mu*	(2)	去
	37—50	14	职 *zhi*	(3)	入
	51—60	10	东 *dong*	(4)	平

---

① 见本书第二章第二节"知音"。

② 本表对《郊居赋》内容的十一部分的划分,依据 Mather, *The Poet Shen Yüeh*, 176 - 213。

③ 本表所列韵部是根据林德威"音通"对 206 韵古音系统所作的归纳。

④ 括号所示数字为累计换韵次数,它体现出这篇赋中韵尾变换的频率。

续表

《郊居赋》内容结构 与换韵	句序	句数	韵部与累计 换韵次数	调式
三、沈约的隐逸之思	61—76	16	养 *yang*　　（5）	上
四、齐东昏侯（498— 501 年在位）的乱政	77—86	10	志 *zhi*　　（6）	去
	87—96	10	寝 *qin*　　（7）	上
	97—104	8	烛 *zhu*　　（8）	入
五、梁武帝的登位与 沈约的退居	105—116	12	之 *zhi*　　（9）	平
	117—124	8	没 *mo*　　（10）	入
	125—132	8	至 *zhi*　　（11）	去
六、沈约之退隐郊居	133—142	10	肴 *yao*　　（12）	平
	143—152	10	姥 *lao*　　（13）	上
	153—154	2	【未押韵】	
	155—162	8	模 *mo*　　（14）	平
	163—170	8	有 *you*　　（15）	上
	171—184	14	虞 *yu*　　（16）	平
	185—192	8	√养 *yang*①（17）	上
	193—200	8	√虞 *yu*　　（18）	平
	201—208	8	麦 *mai*, 陌 *mo*　　（19）	入
	209—216	8	支 *zhi*　　（20）	平
	217—224	8	宾 *bin*　　（21）	去
七、小议治园之法	225—244	20	鱼 *yu*　　（22）	平
八、郊园所见	245—258	14	霰 *xian*, 线 *xian*　（23）	去
	259—270	12	珍 *zhen*　　（24）	平

---

① 这里的勾号表示赋中已出现过的韵部被再次使用的情况。

《郊居赋》内容结构与换韵	句序	句数	韵部与累计换韵次数	调式
八、郊园所见	271—278	8	语 *yu* （25）	上
	279—288	10	换 *huan*，翰 *han* （26）	去
	289—300	12	麌 *yu* （27）	上
	301—316	16	√之 *zhi* （28）	平
九、沈约跨越时空的形上之旅	317—328	12	静 *jing* （29）	上
	329—332	4	稕 *zhun* （30）	去
	333—334	2 * 连续押韵	术 *shu*，质 *zhi* （31）	入
	335—336	2 * 连续押韵	青 *qing* （32）	平
	337—350	14 * 恢复隔句押韵	庚 *geng*，青 *qing*，清 *qing*	
十、沈约对往昔的反思与他对自我实现的追求	351—364	14	√至 *zhi* （33）	去
	365—376	12	√语 *yu* （34）	上
	377—390	14	末 *mo* （35）	入
	391—396	6	号 *hao* （36）	去
	397—416	20	√阳 *yang* （37）	平
	417—420	4	纸 *zhi* （38）	上
	421—424	4	√鱼 *yu* （39）	平
	425—428	4	屋 *wu* （40）	入
	429—436	8	马 *ma* （41）	上
十一、结语	437—452	16	√质 *zhi* （42）	入

根据以上的列表，此赋作的押韵模式呈如下特点：

（1）全赋使用了 36 种不同的韵部。

（2）通篇累计换韵 42 次，平均每十到十一句便有一次换韵。

（3）赋中每一韵连续相押不超过二十句，有时甚至在两句或四句之后就出现了换韵。[①]

（4）赋中前后连续的两个韵部总是分属于不同的音调。最显著的是起始的四个韵部"阳""止""暮"和"志"，分别对应"平""上""去""入"四声。在所使用的 36 个韵部中，包括 11 个平声韵、10 个上声韵、8 个去声韵和 7 个入声韵。由于在中古汉语的词语中，平声的音节占绝大多数，故此赋中近乎平均分配的四声韵部显示出其有意运用各种不同音调的意识。

（5）第 333—338 句表现出一种独特的押韵模式，这里值得进一步分析。首先，我们来看第 333—336 句：

其为状也则

巍峨崇峚[R1 术]

乔枝拂日[R1 质]

峣嶷岹嶀[R2 青]

坠石堆星[R2 青]

"峚""日"二字分别押的"术""质"二韵属于同一韵部（标为 R1），其后的"嶀""星"二字则皆押"青"韵（标为 R2）。这四句的押韵，以两句连续代替了通常的交错形式。我们应如何理解此处押韵模式的变化呢？马瑞志指出，沈约在此描绘了"他精神追求的世外盛

[①] 刘勰论赋的押韵时指出："然两韵辄易，则声韵微躁；百句不迁，则唇吻告劳。"沈约这篇赋显然不存在"百句不迁"的问题。刘勰语见刘勰著，詹锳义证：《文心雕龙义证》，第 1276 页。

景"。① 此处的押韵，无论是由交错到连续的模式变化，还是仅仅以两句为单元的韵部转换，都为由之前的六言缩减至四言的这几句强化了短促迅疾的感觉。诗人通过"巍峨""崇崒""峣嶷""岹嵝"等词创造出连续双声的表达效果，与下句的叠音和叠韵相呼应：

> 岑崟嵂屼
>
> 或坳或平

"岑崟"是叠音词，"嵂屼"则是叠韵词。上述这些赋句，即使以现代汉语的普通话诵读，依然能呈现出双声和叠韵的效果：巍峨崇崒（wēié chóngzú），乔枝拂日（qiáozhī fúrì）/峣嶷岹嵝（yáoyí tiáotíng），坠石堆星（zhuìshí duīxīng）/岑崟嵂屼（cényín lùwù），或坳或平（huò'ào huòpíng）。这些声音效果加强了此处奇观胜景的立体感。在第二章中，我已指出此六句在四声搭配上的特色，结合以上对其中的押韵及双声叠韵词的分析，我们更充分地看到其中极其跌宕的繁富音声。

（6）赋的第 333—350 句描绘了世外山水胜景的形态、界域与峻拔之势，细致研读这些诗句，我们看到其每句末字的读音联结成一个清晰可辨的调式组合：

第330—350句	末字（尾音）调式
巍峨崇崒	D
乔枝拂日	D
峣嶷岹嵝	A
坠石堆星	A

---

① Mather，*The Poet Shen Yüeh*，202-203.

岑崟峁岏	D
或坳或平	A
盘坚枕卧	C
诡状殊形	A
孤嶝横插	D
洞穴斜经	A
千丈万仞	C
三袭九成	A
亘绕州邑	D
款跨郊坰	A
素烟晚带	C
白雾晨萦	A
近循则	
一岩异色	D
远望则	
百岭俱青	A

继首四句"入入平平"（DDAA）的调式之后，后续的十四句，其末字读音的调式转为在"入平"（DA）和"去平"（CA）之间稳定切换。永明诗人常在其诗作中细致布局诗句末字的声调组合，有意思的是，沈约在这篇赋作里也做到了这一点。

（7）《郊居赋》还具有更多独特的声调结构，如：

第 1—20 句	末字（尾音）调式
惟至人之非己	B
固物我而兼忘	A

自中智以下洎	C
咸得性以为场	A
兽因窟而获骋	B
鸟先巢而后翔	A
陈巷穷而业泰	C
婴居湫而德昌	A
侨栖仁于东里	B
凤晦迹于西堂	A
伊吾人之褊志	C
无经世之大方	A
思依林而羽戢	D
愿托水而鳞藏	A
固无情于轮奂	C
非有欲于康庄	A
披东郊之寥廓	D
入蓬藋之荒茫	A
既从竖而横构	C
亦风除而雨攘	A

这起首的二十句是赋序的部分，其句末字的音调采用了两种组合，先是"上平去平"（BACA）重复三次，继以"入平去平"（DACA）的两次连续。这些调式结构使赋句的声音效果同时具有常规性与复杂性。

第 29—36 句	偶句末两字调式
逮有晋之隆安	

集艰虞于天步   AC
世交争而波流
民失时而狼顾   AC
延乱麻于井邑
曝如莽于衢路   AC
大地旷而靡容
旻天远而谁诉   AC

第 143—152 句   偶句末两字调式

艺芳枳于北渠
树修杨于南浦   AB
迁瓮牖于兰室
同肩墙于华堵   AB
织宿楚以成门
籍外扉而为户   AB
既取阴于庭樾
又因篱于芳杜   AB
开阁室以远临
辟高轩而旁睹   AB

在上引的两部分中，每组对句的第二句结尾两字的读音分别延续
了固定的调式。

第 125—132 句   偶句末两字调式

敖传嗣于垅壤
何安身于穷地   AC

味先哲而为言

固余心之所嗜 　　　　　BC

不慕权于城市

岂邀名于屠肆 　　　　　AC

咏希微以考室

幸风霜之可庇 　　　　　BC

这里每组对句的第二句，其结尾两字读音则在"平去"（AC）和"上去"（BC）两种组合之间有序交替。

第 429—436 句	末字（尾音）调式
冰悬塯而带坻	A
雪萦松而被野	B
鸭屯飞而不散	C
雁高翔而欲下	B
并时物之可怀	A
虽外来而非假	B
实情性之所留滞	C
亦志之而不能舍[也]	B

这一部分句末的调式反复呈现了"平上去上"（ABCB）的复杂结构。

《郊居赋》是沈约的巨著，全文四百五十二句被载录于《梁书》"沈约传"中。以上的分析说明其成就不仅在于意蕴的深切与情景的优美，还配合着极为繁富多样的音声效果。如果我们一味以所谓的"八病"来死板地论述永明诗律，或是忽略永明诗人的"四声"观而以到唐代才普遍流行的"平仄"概念来分析他们的作品,抑或单单关注他们的诗作而忽视他们赋作中的声律特色,那我们必然会错过他们在发现"四声"以后锤炼出来的新境界。

附录二　论王融三首诗中的声律[①]

一、概论

本文作为对王融（467—493）五言诗所进行的一种解读实践，将着重细致地考察其诗声调运用的特色。按锺嵘（468—518）《诗品》的说法，王融是南齐（479—502）永明时期（483—493）文学声律的首倡者。[②] 尽管这场文学运动发展出后来成熟于唐代（618—907），并贯穿于其后整个文学传统中的"近体诗"，但无论是古代文论还是现代研究，都普遍对这场声律运动持批评的态度。[③] 然而，这些论断和研究往往深受唐代以后通行的声律观念

① 本文的英文版原作发表于《美国东方学会会刊》上，见 Meow Hui Goh, "Tonal Prosody in Three Poems by Wang Rong," *Journal of the American Oriental Society* 124, no. 1（2004）：59 - 68. 特此感谢美国东方学会提供重印许可。
② 锺嵘《诗品序》评价永明诗人的声律新创曰："王元长创其首，谢朓、沈约扬其波。"见锺嵘著，曹旭集注：《诗品集注》，上海：上海古籍出版社，1996 年，第 340 页。
③ 批评者中较有代表性的包括与永明诗人同时的锺嵘和陆厥（472—499）。锺嵘之论见《诗品集注》，第 329—337、340 页；陆厥之论见萧子显：《南齐书》，卷 52，北京：中华书局，1997 年，第 898—899 页。对锺、陆二人之论的探讨，参见 Richard B. Mather, *The Poet Shen Yüeh*（441 - 513）：*The Reticent Marquis*（Princeton：Princeton University Press，1988），46 - 51，55 - 56，60. 姚思廉《梁书》也指出："齐永明中，文士王融、谢朓、沈约文章始用四声，以为新变，至是转拘声韵，弥尚丽靡，复逾于往时。"见姚思廉：《梁书》，卷 49，北京：中华书局，1997 年，第 690 页。这一观点常被后世论者引述，有时却出以尖锐的批评，（转下页）

的局限,而在很大程度上忽视了永明诗人所推行的声律理论的复杂性和真正的价值。此外,许多研究者认为永明诗人的声律理论与其实际创作之间存在严重脱节,从而仅仅在概念和理论的层面去讨论他们的声律创新,却极少深入他们的诗歌作品进行考察。并且研究者多集中讨论沈约(441—513)和谢朓(464—499),导致王融诗在这方面的创新和贡献更鲜为人知。鉴于此,本文旨在提出一些新见以帮助我们更好地理解王融诗及其声律思想。

通常,声律被理解为一组固定的语音规则或标准形式,在文学创作中能够形成一种和谐悦耳的声音效果。然而,在王融所处的时代,对诗歌听觉要素的讨论却基于更为宽泛也更加复杂的视角。刘勰的《文心雕龙·声律篇》论道:

> 今操琴不调,必知改张,摛文乖张,而不识所调。响
> 在彼弦,乃得克谐,声萌我心,更失和律,其故何哉?[②]

在此,刘勰立论中的一个重要的概念是"声萌我心"。尽管早至《礼记·乐记》就已经对音声作过类似的论述,但刘勰此论的意义

(接上页)如皎然(730—799)曰:"沈休文酷裁八病,碎用四声,故风雅殆尽。"见常振国、降云编:《历代诗话论作家》,上篇,长沙:湖南人民出版社,1984 年,第 123—124 页。现代学者的论述,除了延续以上这些论断,还增加了对永明诗人在自身创作中不遵循其声律主张的批评。如陆侃如、冯沅君:《中国诗史》,济南:山东大学出版社,1996 年,第 339 页;刘勰著,周振甫注:《文心雕龙注释》,北京:人民文学出版社,2002 年,372 页。

② 王利器校笺:《文心雕龙校证》,上海:上海古籍出版社,1980 年,第 212 页。另参 Wai-yee Li, "Between 'Literary Mind' and 'Carving Dragons': Order and Excess in *Wenxin diaolong*," in Zong-qi Cai, ed., *A Chinese Literary Mind: Culture, Creativity, and Rhetoric in* Wenxin diaolong (Stanford: Stanford University Press, 2001), 220。

在于其所谓"声"，已不再指乐声，而是文学作品的音声。① 通过强调此"声"如乐声一样萌于我心，刘勰暗示了它是内在的情志"外在化"的结果。上述对"声"的理解，启发我们将诗歌的声律技巧直接与抒情的过程联系起来。刘勰描述诗人"神思"飞扬的情形道：

> 故寂然凝虑，思接千载；悄焉动容，视通万里；吟咏之间，吐纳珠玉之声；眉睫之前，卷舒风云之色。②

这段描写特别注重声。诗人的神思之旅不仅包括壮观的视象，也含有美妙的音声。从他思虑的脑海中所见之象，到他的"吟咏""吐纳"之举，我们看到诗人内在世界开始外显而呈形。同时，这段描写也进一步阐明了"声萌我心"的概念。③

　　作为声律的实践者，沈约对问题的讨论聚焦于另一个层面。他针对陆厥反驳自己"自骚人以来，此秘未睹"之论④，而指出：

> 宫商之声有五，文字之别累万。以累万之繁，配五声之约，高下低昂，非思力所举。⑤

---

① 《礼记·乐记》曰："凡音者，生人心者也。情动于中，故形于声。声成文，谓之音。"《礼记正义》，卷37，第1077页，《十三经注疏》整理委员会整理，李学勤主编：《十三经注疏》，北京：北京大学出版社，1999年。
② 王利器校笺：《文心雕龙校证》，第187页。另参 Stephen Owen, *Readings in Chinese Literary Thought* (Cambridge, MA: Council on East Asian Studies, Harvard University, 1992), 202; Zong-qi Cai, "The Making of a Critical System: Concepts of Literature in *Wenxin diaolong* and Earlier Text," in *A Chinese Literary Mind*, 52.
③ 刘勰在《文心雕龙·物色篇》里，将"心"与"声"联系起来，论曰："属采附声，亦与心而徘徊。"见王利器校笺：《文心雕龙校证》，第278页。
④ 沈约之论见沈约：《宋书》，卷67，北京：中华书局，2000年，第1779页。
⑤ 萧子显：《南齐书》，卷52，北京：中华书局，1997年，第899—900页。

沈约的核心论点是"文字"应与所谓的"五声"相配,因此,对他来说,关键在于创作时如何将文字配以五声。① 下文对王融诗的解读便主要在这一层面展开。如果按永明时期的观点来看,一篇文学创作的音声也与其文字一样,是内心的"外在化",那么音声与文字之间究竟有着怎样的关系呢? 以下,我们将通过分析王融的三首五言诗,来探索他对于"音声—文字"之关系的阐释和运用。由此,我们将增进对汉语诗歌的声律概念与音声意义的不同理解。

二、王融诗论析

(一)《饯谢文学离夜诗》

饯谢文学离夜②

所知共歌笑

谁忍别笑歌

离轩思黄鸟③

分渚薆青莎

翻情结远旆

---

① "五声"(或称"五音")是中国传统音乐的概念,指"宫、商、角、徵、羽"五种乐音音调。在六朝时期,它被广泛用来讨论文学创作中的音声效果,尤其与声律相关联。沈约在与甄琛的交流中,辨析了"五声"和"四声"(平、上、去、入)之间的关系,见[日]弘法大师原撰,王利器校注:《文镜秘府论校注》,北京:中国社会科学出版社,1983 年,第 101—102 页。关于"五音"(或"五声")和"宫商"概念的源流,及其与"四声"之间关系的详细探讨,见郭绍虞:《再论永明声病说》,收入其《照隅室古典文学论集》,下编,上海:上海古籍出版社,1983 年,第 190—209 页;詹锳:《四声五音及其在汉魏六朝文学之应用》,《中华文史论丛》,1963 年第 3 辑,第 163—192 页;夏承焘:《四声绎说》,《中华文史论丛》,1964 年第 5 辑,第 223—230 页。

② 逯钦立辑校:《先秦汉魏晋南北朝诗》,北京:中华书局,1995 年,第 1401 页。

③ 关于"黄鸟",参见 Mather, *The Age of Eternal Brilliance*: *Three Lyric Poets of the Yung-ming Era*（483 -493）(Leiden: Brill, 2003), 2: 363, n2.

> 洒泪与行波
>
> 春江夜明月
>
> 还望情如何

诗中的"谢文学"指谢朓，此时他即将离京赴荆州任职于随王萧子隆幕下。① 诗的前两句使用了王融送别诗中惯用的手法：通过一个反问句为离别的情状增添一种矛盾感。这里使用的语言尽管看似平易，却包含了一个双音节词的巧妙反转："歌笑"和"笑歌"。从这组词的变化中，我们体味到矛盾感在语词和句式层面上被凸显，而以下，我们进一步看到这两句的声调结构②：

---

① 荆州位于南齐都城建康以西，属于今天湖北省的区域。随王萧子隆于永明八年(490)被封为荆州刺史、镇西将军。但据马瑞志的研究，他直到次年春才离京赴任(见Mather, *The Age of Eternal Brilliance*, 2：361, n1)。正如竟陵王萧子良(460—494)一样，萧子隆也以积极支持文学文化群体而名世，据说他在坐镇荆州期间，曾多次组织文学雅集，并且因谢朓的文才而对其赏爱有嘉。王融和谢朓之间的友情，往往被置于萧子良幕下的后世所谓"竟陵八友"的语境下讨论，且论者多以永明二年至五年间为"八友"文学群体形成的时间。除王融外，在这一场合同样写诗送别谢朓的文人还有沈约、虞炎(活跃于490年前后)、范云(461—503)、萧琛(478—529)和刘绘(458—502)等。对于这些赠别诗，谢朓亦有一首答诗存world。上述诸人的赠诗和谢朓答诗分别见逯钦立辑校：《先秦汉魏晋南北朝诗》，第1648、1459、1545、1804、1468、1448页。

② 此处的"图例"中以"—""/""\""∧"的符号和"A""B""C""D"的字母分别标示"平""上""去""入"四声的方式在全文中通用。句中音节的声调按照中古汉语的"平上去入"四声标注，而非简单以"平仄"区分。尽管这一时期的诗人在创作中明显倾向于以平声来平衡其他三声，但其声律形式主要还是体现出对全部四声的调配和布局。如《南齐书》中便明确写道："约等文皆用宫商，以平上去入为四声，以此制韵，不可增减。"见萧子显：《南齐书》，卷52，第897页。根据第172页注③，可知时人锺嵘、姚思廉和后来的皎然之论都提供了同样的背景。虽然前人在相关研究(如第175页注①所列)中指出永明诗人通过运用四声而创制声律，但基于平仄二元论认识声律的成见依然存在，而且这些研究也未能用四声的概念重塑永明诗人具体诗作中的声律结构。本文最后一首诗的讨论将展示以平仄二元来构拟王融诗的调式无法充分反映出其诗在声律方面的复杂性。林德威(David Prager Branner)在其论文中提出："尽管在王融的时代，诗歌声律是基于'平上去入'四声，但他的骈文明显已经表现出平仄的对应，而后者在此的流行远早于我们通常理解的时代。"见Branner, "Tonal Prosody in Chinese Parallel Prose," *JAOS* 123 (2003)：107。

第一、二句	声调	调式	图例
所知共歌笑	／ — ＼ — ＼	B A C A C	平：— 　A
谁忍别笑歌	— ／ ∧ ＼ —	A B D C A	上：／ 　B
			去：＼ 　C
			入：∧ 　D

仔细分析上示两句的声调结构，我们可以看出，它更彻底地体现了上面所说的矛盾感。第一句的末二字"歌笑"的声调为 AC（平去），到了第二句结尾因语词的反转而自然变成了"笑歌"，声调为 CA（去平）；第一句首二字的声调 BA（上平），也巧妙地对应着第二句开始的 AB（平去），从而在上下两句之间形成了一个独特的调式反转。

　　随着诗歌的进展，开头的矛盾感被代以一种强烈的情感抒发。尽管接着的两联描写即将离去的友人的情绪，但其显然也传达出诗人自身的感受。从句式来看，这两联表现出明显的对仗，而这种工整对仗的形式与字里行间流露出的强烈感情使这四句共同组成了此诗独特的核心。如下所示，它们的声调也具有不同的结构特点：

第三至六句	声调	调式
离轩思黄鸟	— — — — ／	A A A A B
分渚蔆青莎	— ／ ＼ — —	A B C A A
翻情结远旆	— — ∧ ／ ＼	A A D B C
洒泪与行波	／ ＼ ／ — —	B C B A A

这两联中每一联的上下句之间都展现出一种"对角线镜像结构"。从上面的调式分析可以看出，第一句首二字的声调 AA（平平）在第二句的末二字被重复；而第一句末二字的声调 AB（平上）在第二句的头两

177

字处再现，由此形成了一种"对角镜像"的效果，这一点在后两句中也得到了体现。尽管这种声律结构在王融诗中并不罕见，但它很少出现在同一首诗的连续两联中。在我看来，这样的布局意在以声调配合加强语义上的凝练和强烈的表达效果。

尾联上下两句连成一个完整的发问，从而取代了中间两联的对仗句式，同时，之前强烈的情感在此转而发散，使全诗收束在一种浓重弥漫的伤感氛围中。末二句的声调结构也反映了这样的变化：

第七、八句	声调	调式
春江夜明月	一一＼一∧	ＡＡＣＡＤ
还望情如何	一＼一一一	ＡＣＡＡＡ

这里没有首联的反转，也没有中间两联的"镜像"，相应地，末句的调式将全诗终结在三个连续的平声上，从而以一串能够无限地曼声延长的声调引出结尾"情如何"的郁悒情绪。

回顾全诗的声律结构，我们看到，它如同一组反映语义内容变化的符号：

$$
\begin{array}{c}
\textbf{B A C A C} \\
\diagdown\diagup\quad\diagdown\diagup \\
\diagup\diagdown\quad\diagup\diagdown \\
\textbf{A B D C A} \\
\textbf{A A A A B} \\
\diagdown\diagup\times\times\diagup\diagdown \\
\textbf{A B C A A} \\
\textbf{A A D B C} \\
\diagup\diagdown\times\times\diagdown\diagup \\
\textbf{B C B A A} \\
\textbf{A A C A D} \\
\textbf{A C A- A- A-}
\end{array}
$$

（二）《回文诗》

以下我将分析两首回文诗，这种诗体因其高度形式化和实验性的特点而对本文的研究别具意义。回文诗的源头一般可追溯到温峤（约 288—329）①，而苏蕙（活跃于四世纪）著名的《璇玑图》②也是这类诗体早期的代表。尽管后者已呈现出颇为成熟的诗体特色，但在存世的南朝诗歌中，回文诗不过寥寥数首。也正是因此，下面的两首王融诗便更显其重要性。

1.《后园作回文诗》

一首回文诗在句式上和语义上都是既可顺读又可逆读的，因此，回文诗实际上是在一体中同时包含着两首诗。就王融的两首回文诗论，其文本的逆转性与其诗的主题相关。二诗中稍短的一首如下所示：

后园作回文诗③

斜峰绕径曲

---

① 皮日休（约 834 年生）在其《松陵集》中道："晋温峤有回文虚言诗云：宁神静泊，损有崇亡。繇是回文兴焉。"见皮日休：《松陵集·序》，10.1b—2a，收入《景印文渊阁四库全书》，台北：台湾商务印书馆，1986 年。此说为逯钦立辑所引，见逯钦立辑校：《先秦汉魏晋南北朝诗》，第 871 页。在此语之前，皮日休还道："晋傅玄有回文反覆诗二首；云反覆其文以示忧心展转也。悠悠远迈，独茕茕，是也。繇是反覆兴焉。"

② 《璇玑图》，见逯钦立辑校：《先秦汉魏晋南北朝诗》，第 955—957 页。

③ 关于此诗的作者，存在争议。冯惟讷（1512—1572）指出："此当为梁元帝诗，观简文诸人和诗可见。艺文逸名，俟再考证。"见冯惟讷辑：《古诗纪》，67.18b，《景印文渊阁四库全书》版。冯氏在此所说的"和诗"指萧纲（梁简文帝，503—551）、萧纶（551 年卒）和庾信（513—581）的一组同题为《和湘东王后园回文诗》的作品，分别见于逯钦立辑校：《先秦汉魏晋南北朝诗》，第 1976、2029—2030、2409—2410 页。"湘东王"指即帝位之前的萧绎。逯钦立案语进一步指出："类聚此诗在王融离合诗后。"见逯钦立辑校：《先秦汉魏晋南北朝诗》，第 1405 页。 （转下页）

峯石带山连

花余拂戏鸟

树密隐鸣蝉

这首诗用四句五言的短章表现出一幅自然景观。随着诗歌的展开，依次登场的景物有峰、径、石、山、花、鸟、树和蝉，描写的聚焦点却不在于单独的景物本身，而在于景物之间的互动。如首句里，环绕着的小径将径本身与山峰连贴在一起，峰的"斜"造成了径之"曲"。这首诗不仅表现了景物之间的联系，还呈现出这种联系对景物本身的塑造。诗的反读如下：

后园作回文诗（反读）

蝉鸣隐密树

鸟戏拂余花

连山带石峯

曲径绕峰斜

从反读诗展现出的景物关系来看，在自然中，没有任何一景或

（接上页）实际上，这首诗在《艺文类聚》中紧随在王融的另一首回文诗后，见欧阳询撰，汪绍楹校：《艺文类聚》，卷56，北京：中华书局，1965年，第1005—1006页。陈庆元根据《艺文类聚》中这样的排列，提出这首诗实际上应为王融所作。见陈庆元：《王融年谱》，收入刘跃进、范子烨编：《六朝作家年谱辑要》，上册，哈尔滨：黑龙江教育出版社，1999年，第497页。陈氏还引《梁书·柳恽传》中的一段话以证明当时在王融所侍的竟陵王萧子良的西邸中，确有一处"后园"。陈庆元的这一论析还可证以竟陵王所作的《游后园》，见逯钦立辑校：《先秦汉魏晋南北朝诗》，第1382—1383页。此外，系于梁湘东王萧绎名下的还有《晚景游后园诗》和《游后园诗》两首，见逯钦立辑校：《先秦汉魏晋南北朝诗》，第2053页。尤其值得注意的是，这首回文诗与我们稍后将讨论的另一首王融的回文诗之间呈现出技巧上高度的相似性。

一物是处于"强势"的主导位置,景物之间的主体和客体的角色是完全可以互换的。将诗中末句作正与反的两种读法——"树密隐鸣蝉"/"蝉鸣隐密树"——我们便能看到树与蝉在发生互动的瞬间,二者同时兼具主动与被动的位置。通过将这种互动的瞬间以两种向度呈现出来,这首诗揭示出了自然的本质。此诗的反读对呈现诗的主旨起了很大的作用,其在句式语法和语义意象上的可逆性恰到好处地表现了大自然中紧密多向的互动关系。不仅如此,王融进一步在声律的层面深化对这一主旨的表现。下图展示出此诗饶有意趣的声调结构:

正读	声调排列	调式
斜峰绕径曲	— — \ \ ∧	A A C C D
笋石带山连	/ ∧ \ — —	B D C A A
花馀拂戏鸟	— — ∧ \ /	A A D C B
树密隐鸣蝉	\ ∧ / — —	C D B A A

这里的四种主要的声调结构特点包括:(1) 一、三句皆以 AA(平平)起句,而二、四句则以 AA 作结。(2) 首句和末句之间构成了一组"对角镜像"结构:首句前两字的声调在末句的结尾两字处重复,而首句末二字的声调则与结句首二字相同。(3) 若将每句第二字的声调单独抽出组合起来,便得到了 ADAD(平入平入)的模式。(4) 若将每句第四字的声调也单独组合起来,则合成了 CACA(去平去平)的模式。上述这些声调组合特点不仅在连贯性和平衡感上呼应着诗歌的语义内容,而且具有高度的可逆性。反读诗的声调结构如下示:

反读	声调排列	调式
蝉鸣隐密树	— — ╱ ∧ ＼	A A B D C
鸟戏拂馀花	╱ ＼ ∧ — —	B C D A A
连山带石笋	— — ＼ ∧ ╱	A A C D B
曲径绕峰斜	∧ ＼ ＼ — —	D C C A A

我们在"正读"诗中所见的声调特点在这里被完整地保留下来：一、三句同样以 AA 起句，二、四句同样以 AA 作结；首、末句同样呈现出"对角镜像"结构；而每句的第二字和第四字各自的声调组合则分别倒转为 ACAC（平去平去）和 DADA（入平入平）。正如诗的句式、语词和意象经过诗人精心的构造而紧贴题旨一样，这里声调的布局也为了配合诗的主旨而体现出着意营造之功。通过结合各个层面平衡、连贯而可逆的结构特点，这首诗充分象征着自然界万物以互动互融来达至圆满自适的状态。

2.《春游回文诗》

王融的另一首回文诗总共十句，尽管篇幅稍长，但王融在布局声调上依然细致入微。与同时期描写春景的一般诗歌相似，这首诗也抒发了男女思恋之情。我们读此诗也需要同前诗一样沿着正、反两个向度，才能体会到诗之主旨的全貌。

春游回文诗①

枝分柳塞北

叶暗榆关东②

---

① 逯钦立辑校：《先秦汉魏晋南北朝诗》，第 1400 页。

② 马瑞志指出，这里"塞北"指戈壁沙漠，"关东"指华北平原一带，"关"则指函谷关和潼关。Mather, *The Age of Eternal Brilliance*, 2：465.

垂条逐絮转

落蕊散花丛

池莲照晓月

幔锦拂朝风

低吹杂纶羽

薄粉艳妆红

离情隔远道

叹结深闺中

从起句的"塞北""关东"到结尾的"深闺中",这首诗显然带着我们从远及近移动,最终进入了室内的空间。但这一历程并非实际肢体上的运行,而是思绪上的飘动转移,它是诗中思妇的离愁。牵挂着在外从征的爱人,她的思绪先是飘荡至爱人的戍边之地再回旋到自己的闺房之中。隐藏在这一内心之旅中的,是女子绵长的思念:春色向着深闺的漫延,象征着思妇对爱人归家的想象。

然而,一经反读,诗里的移动方向即刻发生倒转:

春游回文诗(反读)

中闺深结叹

道远隔情离

红妆艳粉薄

羽纶杂吹低

风朝拂锦幔

月晓照莲池

丛花散蕊落

转絮逐条垂

东关榆暗叶

北塞柳分枝

这里呈现的不再是思妇对爱人归来的想象,而是她思绪上的荡漾和寻觅,这一次是由闺中向外延伸到关东和塞北之地。这两种内心情感的历程,虽然朝着相反的方向,却共同强化了思念之苦。女子的情思自外向内,继而又由内向外,归而复去,周而复始,终究没有排遣的余地。

正读之下,诗呈现出这样的声调结构。

正读	声调排列	调式
枝分柳塞北	— — ╱ ╲ ∧	A A B C D
叶暗榆关东	∧ ╲ — — —	D C A A A
垂条逐絮转	— — ∧ ╲ ╱	A A D C B
落蕊散花丛	∧ ╱ ╲ — —	D B C A A
池莲照晓月	— — ╲ ╱ ∧	A A C B D
幔锦拂朝风	╲ ╱ ∧ — —	C B D A A
低吹杂纶羽	— — ∧ ╲ ╱	A A D A B
薄粉艳妆红	∧ ╱ ╲ — —	D B C A A
离情隔远道	— — ∧ ╱ ╱	A A D B B
叹结深闺中	╲ ∧ — — —	C D A A A

这里的声调排列体现出两个主要的特色:(1) 所有的单数句都以AA(平平)起声,与之相应,所有的偶数句都以 AA 收声。(2) 位置居中的五、六两句之间构成了下示独特的"对角镜像"结构。

```
A A C A D
 ＼＼ ＼＼＼
   ＼×× ＼
 ／／ ／／／
A D C A A
```

这两句诗为"池莲照晓月，幔锦拂朝风"。此处，诗境由室外移入室内。正如王融在其他一些诗中所用的手法，这种诗境上的变换或转移被辅以声调上"对角镜像"结构的衬托。此外值得注意的是，上句以"照"字表现"池莲"对月光的映射，这也可以看作对声调"对角镜像"的一种微妙的呼应。①

除上述两种特色外，此诗每句首字和末字的声调都呈现出相反的调式：

正读的调式

A O O O D

D O O O A

A O O O B

D O O O A

A O O O D

C O O O A

A O O O B

---

① 这种呼应也体现在王融《咏池上梨花诗》的第二联中，此两句作"芳春照流雪，深夕映繁星"。原诗见逯钦立辑校：《先秦汉魏晋南北朝诗》，第 1403 页。这里的"照"和"映"二字描绘出两种景物之间相互反射光的意象，而与这一语义相应，这两句同样具有对角镜像的声调结构：

```
A A C A D
 ＼＼ ＼＼＼
   ＼×× ＼
 ／／ ／／／
A D C A A
```

```
D O O O A
A O O O B
C O O O A
```

每一句的首字总体构成了 ADADACADAC（平入平入平去平入平去）的组合，而末字则构成 DABADABABA（入平上平入平上平上平）的结构。如果我们简单使用平仄二元的方式来分析声调结构，并以 Z 标示仄音，那么上述两种组合则变为 AZAZAZAZAZ 和 ZAZAZAZAZA 之间的对应。

然而，为了更加充分地理解王融诗的声律特点，我们需要在仄音，即非平音之间进一步作出区分。如果我们仅仅提取上述首字和末字的声调组合中的非平音，便看出 DDCDC（入入去入去）和 DBDBB（入上入上上）的对应。有意思的是，这些非平音单元以完全相反的方式排列：上句为 2D＋1C＋1D＋1C，下句为 1D＋1B＋1D＋2B。这造成了二者在声调单元上 2＋1＋1＋1 与 1＋1＋1＋2 的对应。这种形式是王融诗里最不寻常的声调组合。与前一首回文诗一样，这首诗正读可见的三种声调特色也体现在反读中：

反读	声调排列	调式
中闺深结叹	— — — ∧ ＼	A A A D C
道远隔情离	／ ／ ∧ — —	B B D A A
红妆艳粉薄	— — ＼ ／ ∧	A A C B D
羽纶杂吹低	／ — ∧ ∧ —	B A D A A
风朝拂锦慢	— — ∧ ／ ＼	A A D B C
月晓照莲池	∧ ／ ＼ — —	D B C A A

丛花散蕊落	— — ＼ ／ ∧	A A C B D
转絮逐条垂	／ ＼ ∧ — —	B C D A A
东关榆暗叶	— — — ＼ ∧	A A A C D
北塞柳分枝	∧ ＼ ／ — —	D C B A A

反读之后，居中的两句在声调上的"对角镜像"烘托出诗境反方向的转移，即由室内的"风朝拂锦幔"转向室外的"莲池"。各个奇数句的起始处和偶数句结尾处的两个平声依旧保留，而每句首字与末字在声调上的相反对应也一如前述。全诗的声调结构清晰地配合着语义层面上的回文形式，紧密地陪衬着诗中闺妇内心双向回旋的思绪，增强了全诗的表达效果，并获得了象征的意义。

三、结论

刘勰着眼于重新界定"声萌我心"的概念，而沈约则将思考的重心放在如何使"文字"与"四声"相配的问题上。王融的五言诗创作一方面对刘勰的概念作了深入的阐释，另一方面也对沈约提出的问题有着致力的实践。在王融的诗学中，声律显然并不是僵化的规则抑或对和谐之音的单纯诉求，而是一种能够表达诗歌主旨与意境的文学手法。

参考文献

中文文献

班固:《汉书》,北京:中华书局,1995年。

卞东波编:《中国古典文学与文本的新阐释——海外汉学论文新集》,合肥:安徽教育出版社,2019年。

蔡钟翔等:《中国文学理论史》,北京:北京出版社,1991年。

曹道衡编选:《汉魏六朝文精选》,南京:江苏古籍出版社,1992年。

曹道衡:《论东晋南朝政权与士族的关系及其对文学的影响》,《文学遗产》,2003年第5期,第29—38页。

曹道衡:《南朝文学与北朝文学研究》,南京:江苏古籍出版社,1999年。

曹道衡:《中古文学史论文集续编》,台北:文津出版社,1994年。

曹道衡、刘跃进:《南北朝文学编年史》,北京:人民文学出版社,2000年。

曹道衡、沈玉成编著:《南北朝文学史》,北京:人民文学出版社,1991年。

常蕾:《〈成实论〉中的二谛思想》,《五台山研究》,2006年第4期,第3—8页。

常蕾:《〈成实论〉中灭三心的理论》,《五台山研究》,2006年第1期,第20—25页。

常振国、降云编:《历代诗话论作家》,上篇,长沙:湖南人民出版社,1984年。

陈洪:《佛教与中国古典文学》,天津:天津人民出版社,1993年。

陈克艰:《唯识的结构——〈成唯识论〉初读》,《史林》,2003年第2期,第1—3页。

陈庆元校笺:《沈约集校笺》,杭州:浙江古籍出版社,1995年。

陈世贤:《〈成实论〉"三心"与〈摄大乘论〉"三性"思想之比较》,《正观杂志》,2005年第32期,第161—190页。

陈顺智:《四声复议》,《魏晋南北朝文学与思想学术研讨会论文集》,2001年第4辑,台北:文津出版社,第289—324页。

陈顺智:《魏晋南北朝诗学》,长沙:湖南人民出版社,2000年。

陈新雄:《声韵与文情之关系——以东坡诗为例》,《声韵论丛》,2000年第9期,第117—146页。

陈寅恪:《金明馆丛稿初编》,上海:上海古籍出版社,1982年。

陈寅恪:《魏晋南北朝史讲演录》,合肥:黄山书社,1999年。

陈允吉:《中古七言诗体的发展与佛偈翻译》,《中华文史论丛》,第52辑,1993年,上海:上海古籍出版社,第201—225页。

程章灿:《世族与六朝文学》,哈尔滨:黑龙江教育出版社,1998年。

《春秋左传正义》,《十三经注疏》版。

道宣:《广弘明集》,《大正新修大藏经》版。

《道德经》,《诸子集成》版。

丁邦新:《平仄新考》,《"中央研究院"历史语言研究所集刊》,1975年第47期,第1—15页。

丁福林:《东晋南朝的谢氏文学集团》,哈尔滨:黑龙江教育出版社,1998年。

杜晓勤:《齐梁诗歌向盛唐诗歌的嬗变》,台北:商鼎文化出版社,1996年。

杜佑:《通典》,北京:中华书局,1988年。

段成式:《酉阳杂俎》,《四部丛刊》版。

范晔撰,李贤等注:《后汉书》,北京:中华书局,2001年。

范子烨:《中古文人生活研究》,济南:山东教育出版社,2001年。

房玄龄等:《晋书》,北京:中华书局,1974年。

冯承基:《论永明声律——四声》,《大陆杂志语文丛书》,1965年第4期,第303—307页。

冯承基:《再论永明声律——八病》,《大陆杂志语文丛书》,1966年第4期,第308—312页。

冯惟讷辑:《古诗纪》,《景印文渊阁四库全书》版。

佛光山文教基金会:《文学与佛学关系》,台北:台湾学生书局,1994年。

[瑞典]高本汉(Bernhard Karlgren)著,潘悟云等编译:《汉文典》,上海:上海辞书出版社,1997年。

[日]高木正一(Takagi Masakazu)著,郑清茂译:《六朝律诗之形成(上)》,《大陆杂志》,第13卷,1956年第9期,第17—18页。

［日］高木正一（Takagi Masakazu）著,郑清茂译:《六朝律诗之形成（下）》,《大陆杂志》,第 13 卷,1956 年第 10 期,第 24—32 页。

［日］高楠顺次郎（Takakusu Junjirō）、渡边海旭（Watanabe Kaikyoku）编:《大正新修大藏经》,东京:大正一切经刊行会,1924—1932 年。

葛洪:《西京杂记》,北京:中华书局,1985 年。

葛晓音:《关于诗型与节奏的研究——松浦友久教授访谈录》,《文学遗产》,2002 年第 4 期,第 131—135 页。

葛晓音:《汉唐文学的嬗变》,北京:北京大学出版社,1995 年。

葛晓音:《山水田园诗派研究》,沈阳:辽宁大学出版社,1993 年。

葛晓音编选:《谢灵运研究论集》,桂林:广西师范大学出版社,2001 年。

管雄:《声律论的发生和发展及其在中国文学史上的影响》,《古代文学理论研究》,1981 年第 3 辑,上海:上海古籍出版社,第 18—45 页。

管雄:《魏晋南北朝文学史论》,南京:南京大学出版社,1998 年。

归青:《南朝宫体诗研究》,上海:上海古籍出版社,2006 年。

郭茂倩:《乐府诗集》,北京:中华书局,1998 年。

郭庆藩:《庄子集释》,《诸子集成》版。

郭绍虞:《声律说续考——关于声类韵集的问题》,《古代文学理论研究》,1981 年第 3 辑,上海:上海古籍出版社,第 1—17 页。

郭绍虞:《照隅室古典文学论集》,上海:上海古籍出版社,1983 年。

郭绍虞编选,富寿荪校点:《清诗话续编》,上海:上海古籍出版社,1983 年。

郭锡良:《汉字古音手册》,北京:北京大学出版社,1986 年。

国学整理社编:《诸子集成》,上海:上海书店,1986 年。

［日］弘法大师原撰,王利器校注:《文镜秘府论校注》,北京:中国社会科学出版社,1983 年。

洪顺隆:《由隐逸到宫体》,台北:文史哲出版社,1984 年。

洪兴祖撰,白化文等点校:《楚辞补注》,北京:中华书局,1993 年。

胡大雷:《宫体诗研究》,北京:商务印书馆,2004 年。

胡大雷:《中古文学集团》,桂林:广西师范大学出版社,1996 年。

胡德怀:《齐梁文坛与四萧研究》,南京:南京大学出版社,1997 年。

黄夏年:《〈成实论〉二题》,《世界宗教研究》,1995 年第 2 期,第 41—47 页。

霍松林:《简论近体诗格律的正与变》,《文学遗产》,2003 年,第 104—117 页。

皎然:《诗式》,收入常振国、降云编:《历代诗话论作家》,上篇,长沙:湖南人民出版社,1984年。

　　景蜀慧:《魏晋诗人与政治》,台北:文津出版社,1991年。

　　鸠摩罗什译:《成实论》,《大正新修大藏经》版。

　　李百药:《北齐书》,北京:中华书局,1972年。

　　李昉等编:《太平广记》,北京:中华书局,1995年。

　　《礼记正义》,《十三经注疏》版。

　　李三荣:《庾信小园赋第一段的音韵技巧》,《声韵论丛》,1991年第3期,第25—39页。

　　李新魁:《音韵学与中国古代文化的研究》,收入其《李新魁语言学论集》,北京:中华书局,1994年,第437—458页。

　　李延寿:《南史》,北京:中华书局,1997年。

　　梁森:《谢朓与李白管窥》,北京:人民文学出版社,1995年。

　　林家骊:《沈约研究》,杭州:杭州大学出版社,1999年。

　　林文月:《谢灵运及其诗》,台北:台湾大学文学院,1966年。

　　刘师培:《中国中古文学史讲义》,上海:上海古籍出版社,2000年。

　　刘淑芬:《六朝的城市与社会》,台北:学生书局,1992年。

　　刘向辑:《古列女传》,《四部丛刊》版。

　　刘向辑:《说苑》,《四部丛刊》版。

　　刘勰著,詹锳义证:《文心雕龙义证》,上海:上海古籍出版社,1999年。

　　刘勰著,周振甫注:《文心雕龙注释》,北京:人民文学出版社,2002年。

　　刘昫等:《旧唐书》,北京:中华书局,1975年。

　　刘义庆撰,徐震堮著:《世说新语校笺》,北京:中华书局,2001年。

　　刘跃进:《门阀士族与永明文学》,北京:生活·读书·新知三联书店,1996年。

　　刘跃进、范子烨编:《六朝作家年谱辑要》,哈尔滨:黑龙江教育出版社,1999年。

　　鲁迅:《集外集拾遗》,收入其《鲁迅全集》,北京:人民文学出版社,1961年。

　　鲁迅:《魏晋风度及其他》,上海:上海古籍出版社,2000年。

　　陆侃如·冯沅君:《中国诗史》,济南:山东大学出版社,1996年。

　　逯钦立辑校:《先秦汉魏晋南北朝诗》,北京:中华书局,1995年。

　　陆时雍:《古诗镜》,《景印文渊阁四库全书》版。

　　陆志韦:《试论杜甫律诗的格律》,《文学评论》,1962年第4期,第13—35页。

　　《论语注疏》,《十三经注疏》版。

罗新本：《两晋南朝的秀才、孝廉察举》，《历史研究》，1987 年第 3 卷，第 116—123 页。

罗宗强：《魏晋南北朝文学思想史》，北京：中华书局，1996 年。

罗宗真：《六朝考古》，南京：南京大学出版社，1996 年。

骆玉明、张宗原：《南北朝文学》，合肥：安徽教育出版社，1998 年。

毛汉光：《两晋南北朝士族政治之研究》，台北：台湾中国学术著作奖助委员会，1966 年。

茆家培、李子龙主编：《谢朓与李白研究》，北京：人民文学出版社，1995 年。

《毛诗正义》，《十三经注疏》版。

《孟子注疏》，《十三经注疏》版。

牟愿相：《小澥草堂杂论诗》，收入郭绍虞编选，富寿荪校点：《清诗话续编》，第 2 册，第 911—924 页。

南京市文物保管委员会：《南京戚家山东晋谢鲲墓简报》，《文物》，1965 年第 6 期，第 34—35 页。

欧阳修、宋祁：《新唐书》，北京：中华书局，1975 年。

欧阳询撰，汪绍楹校：《艺文类聚》，北京：中华书局，1965 年。

彭定求等编：《全唐诗》，北京：中华书局，1985 年。

皮日休：《松陵集》，《景印文渊阁四库全书》版。

〔日〕清水凯夫（Shimizu Yoshio）著，韩基国译：《沈约"八病"真伪考》，收入其《六朝文学论文集》，重庆：重庆出版社，1989 年，第 194—211 页。

〔日〕清水凯夫（Shimizu Yoshio）著，韩基国译：《沈约声律论考——探讨平头、上尾、蜂腰、鹤膝》，收入其《六朝文学论文集》，重庆：重庆出版社，1989 年，第 212—238 页。

〔日〕清水凯夫（Shimizu Yoshio）著，韩基国译：《沈约韵纽四病考——考察大韵、小韵、傍纽、正纽》，收入其《六朝文学论文集》，重庆：重庆出版社，1989 年，第 239—270 页。

饶宗颐：《梵学集》，上海：上海古籍出版社，1993 年。

任继愈主编：《中国佛教史》，北京：中国社会科学出版社，1997 年。

僧祐：《弘明集》，《大正新修大藏经》版。

僧肇：《肇论》，《大正新修大藏经》版。

《尚书正义》，《十三经注疏》版。

沈德潜：《说诗晬语》，收入《四部备要》，第 100 册，北京：中华书局，1920—1936 年。

沈约：《宋书》，北京：中华书局，2000 年。

施逢雨:《单句律化——永明声律运动走向律化的一个关键过程》,《清华学报》,第 29 卷,1999 年第 3 期,第 301—302 页。

石观海:《宫体诗派研究》,武汉:武汉大学出版社,2003 年。

《十三经注疏》整理委员会整理,李学勤主编:《十三经注疏》,北京:北京大学出版社,1999 年。

释慧皎:《高僧传》,《大正新修大藏经》版。

司马光撰,胡三省注:《资治通鉴》,北京:古籍出版社,1956 年。

司马迁:《史记》,北京:中华书局,2002 年。

《四部备要》,北京:中华书局,1920—1936 年。

《四部丛刊》,上海:商务印书馆,1929—1934 年。

孙昌武:《佛教与中国文学》,上海:上海人民出版社,1988 年。

[美]孙康宜(Kang-i Sun Chang)著,钟振振译:《抒情与描写:六朝诗歌概论》,上海:上海三联书店,2006 年。

谭其骧主编:《中国历史地图集》,北京:中国地图出版社,1996 年。

汤用彤:《汉魏两晋南北朝佛教史》,北京:北京大学出版社,1997 年。

唐长孺:《魏晋南北朝史论丛》,石家庄:河北教育出版社,2002 年。

唐长孺:《魏晋南北朝隋唐史三论》,武汉:武汉大学出版社,1996 年。

田晓菲:《烽火与流星:萧梁王朝的文学与文化》,北京:中华书局,2010 年。

田余庆:《东晋门阀政治》,北京:北京大学出版社,2000 年。

王夫之等:《清诗话》,北京:中华书局,1963 年。

王闿运编:《八代诗选》,台北:广文书局,1970 年。

王力:《汉语诗律学》,上海:上海教育出版社,2002 年。

王力:《南北朝诗人用韵考》,收入其《王力语言学论文集》,北京:商务印书馆,2000 年,第 1—58 页。

王利器:《吕氏春秋注疏》,成都:巴蜀书社,2002 年。

王利器校笺:《文心雕龙校证》,上海:上海古籍出版社,1980 年。

王琳:《六朝辞赋史》,哈尔滨:黑龙江教育出版社,1998 年。

王鸣盛:《十七史商榷》,上海:上海书店出版社,2005 年。

王泗原:《楚辞校释》,北京:人民教育出版社,1990 年。

王瑶:《中古文学史论》,北京:北京大学出版社,1998 年。

王运熙:《从文论看南朝人心目中的文学正宗》,收入其《当代学者自选文库:王运熙卷》,合肥:安徽教育出版社,1998 年,第 90—105 页。

王运熙:《文质论与中国中古文学批评史》,《文学遗产》,2002 年第 5 期,第 4—10 页。

王运熙、顾易生主编:《中国文学批评通史》,上海:上海古籍出版社,1996年。

王仲荦:《魏晋南北朝史》,上海:上海人民出版社,1998年。

魏耕原:《谢朓诗论》,北京:中国社会科学出版社,2004年。

魏收:《魏书》,北京:中华书局,1974年。

魏徵、令狐德棻:《隋书》,北京:中华书局,1973年。

吴怀东:《杜甫与六朝诗歌关系研究》,合肥:安徽教育出版社,2002年。

吴眉孙:《四声说》,收入吴文祺编:《中华文史论丛增刊——语言文字研究专辑》,上册,上海:上海古籍出版社,1982年,第41—48页。

[新加坡]吴妙慧(Meow Hui Goh)撰,朱梦雯译:《知音:永明视学新探》,《文学研究》,第3卷,2017年第2期,第103—116页。

吴先宁:《北朝文化特质与文学进程》,北京:东方出版社,1997年。

吴小平:《中古五言诗研究》,南京:江苏古籍出版社,1998年。

吴云主编:《魏晋南北朝文学研究》,北京:北京出版社,2001年。

夏承焘:《四声绎说》,《中华文史论丛》,1964年第5辑,第223—230页。

萧统编:《文选》,上海:上海古籍出版社,1997年。

萧子显:《南齐书》,北京:中华书局,1997年。

谢朓著,曹融南校注:《谢宣城集校注》,上海:上海古籍出版社,2001年。

谢云飞:《文学与音律》,台北:东大图书公司,1978年。

[日]兴膳宏(Kōzen Hiroshi):《从四声八病到四声二元化》,《中华文史论丛》,第47辑,1991年,上海:上海古籍出版社,第101—115页。

熊德基:《六朝豪族考》,收入其《六朝史考实》,北京:中华书局,2000年,第305—323页。

徐陵撰,吴兆宜校注,程琰删补:《玉台新咏笺注》,长春:吉林人民出版社,1999年。

许辉等主编:《六朝文化》,南京:江苏古籍出版社,2001年。

阎步克:《魏晋的朝班、官品和位阶》,《魏晋南北朝隋唐史》,2001年第2期,第2—18页。

严可均辑:《全上古三代秦汉三国六朝文》,北京:中华书局,1958年。

颜之推撰,周法高注:《颜氏家训汇注》,台北:"中央研究院",1960年。

杨伯峻集释:《列子集释》,香港:太平书局,1965年。

杨家骆主编:《周易注疏及补正》,台北:世界书局,1968年。

扬雄:《法言》,《四部丛刊》版。

姚思廉:《陈书》,北京:中华书局,1997年。

姚思廉:《梁书》,北京:中华书局,1997 年。

姚振黎:《沈约及其学术研究》,台北:文史哲出版社,1989 年。

《景印文渊阁四库全书》,台北:台湾商务印书馆,1986 年。

余廼永:《新校互注宋本广韵》,上海:上海辞书出版社,2002 年。

[美]约翰·斯坦贝克(John Steinbeck)著,李天奇译:《罐头厂街》,北京:人民文学出版社,2018 年。

詹锳:《四声五音及其在汉魏六朝文学之应用》,《中华文史论丛》,1963 年第 3 辑,第 163—192 页。

张洪明:《汉语近体诗声律模式的物质基础》,《中国社会科学》,1987 年第 4 期,第 185—196 页。

章培恒、骆玉明主编:《中国文学史》,上海:复旦大学出版社,1999 年。

张旭华:《南朝九品中正制的发展演变及其作用》,《中国史研究》,1998 年,第 49—60 页。

赵尔巽等:《清史稿》,香港:香港文学研究社,1960 年。

郑毓瑜:《姿与言:诗国革命新论》,台北:麦田出版有限公司,2017 年。

郑再发:《汉语的句调与文学的节奏》,《声韵论丛》,2000 年第 9 期,第 147—158 页。

中国古代文学理论会编:《古代文学理论研究》,第 3 辑,上海:上海古籍出版社,1981 年。

锺嵘著,曹旭集注:《诗品集注》,上海:上海古籍出版社,1996 年。

周法高:《说平仄》,《中央研究院历史语言研究所集刊》,1948 年第 13 期,第 153—162 页。

周建江:《北朝文学史》,北京:中国社会科学出版社,1997 年。

周一良:《论梁武及其时代》,收入其《魏晋南北朝史论集》,北京:北京大学出版社,1997 年,第 338—368 页。

周祖谟:《魏晋音与齐梁音》,《中华文史论丛》,第 23 辑,1982 年第 3 辑,上海:上海古籍出版社,第 167—189 页。

朱大渭:《魏晋南北朝社会生活史》,北京:中国社会科学出版社,1998 年。

朱谦之校释:《老子校释》,北京:中华书局,1963 年。

朱谦之:《中国音乐文学史》,北京:北京大学出版社,1989 年。

日文文献

網祐次(Ami Yūji):《中國中世文學研究:南齊永明時代を中心として》,東京:新樹社,1960 年。

——：《南朝士大夫の精神の一面—沈約について》，《斯文》，1961 年第 30 卷，第 13—23 页。

藤井守（Fujii Mamoru）：《王融の「策秀才文」について》，《小尾博士退休記念：中國文學論集》，東京：第一学習社，1976 年。

神塚淑子（Kamitsuka Yoshiko）：《沈約の隱逸思想》，《日本中國學會報》，1979 年第 31 卷，第 105—108 页。

興膳宏（Kōzen Hiroshi）：《艶詩の形成と沈約》，《日本中國學會報》，1972 年第 24 卷，第 114—134 页。

森野繁夫（Morino Shigeo）：《梁の文学の游戯性》，《中國中世文學研究》，1967 年第 6 辑，第 27—40 页。

吉田辛一（Yoshida Kōichi）：《文鏡祕府論卷第一「四聲論」について》，《書誌學》，第 17 卷，1941 年第 3 期，第 61—72 页。

英文文献

Abrams, M. H. *A Glossary of Literary Terms*. New York: Holt, Rinehart and Winston, 1981.

Ackerman, Diane. *A Natural History of the Senses*. New York: Vintage Books, 1991.

Allen, Joseph Roe. *In the Voice of Others: Chinese Music Bureau Poetry*. Michigan Monographs in Chinese Studies vol. 63. Ann Arbor: Center for Chinese Studies, University of Michigan, 1992.

Baxter, William Hubbard. *A Handbook of Old Chinese Phonology*. Berlin: Mouton de Gruyter, 1992.

Bear, Peter M. "The Lyric Poetry of Yü Hsin." PhD. diss. , Yale University, 1969.

Berkowitz, Alan J. *Patterns of Disengagement: The Practice and Portrayal of Reclusion in Early Medieval China*. Stanford, CA: Stanford University Press, 2000.

Birrell, Anne. *Games Poets Play: Readings in Medieval Chinese Poetry*. Cambridge, Eng. : McGuinness China Monographs, 2004.

——, trans. *New Songs from a Jade Terrace: An Anthology of Early Chinese Love Poetry, Translated with Annotations and an Introduction*. London: George Allen & Unwin, 1982.

Bishop, John L. , ed. *Studies in Chinese Literature*. Cambridge, MA: Harvard University Press, 1965.

Bodman, Richard Wainwright. "Poetics and Prosody in Early Medieval China: A Study and Translation of Kūkai's *Bunkyo Hifuron.*" PhD. diss., Cornell University, 1978.

Branner, David Prager. "A Neutral Transcription System for Teaching Medieval Chinese."*Tang Studies* 17 (1999): 1 – 169.

——. "Tonal Prosody in Chinese Parallel Prose."*JAOS* 123 (2003): 93 – 119.

——. " Yīntōng: Chinese Phonological Database. " http:// americanorientalsociety. org/yintong/public/.

Bush, Susan, and Christian Murck, eds. *Theories of the Arts in China*. Princeton, NJ: Princeton University Press, 1983.

Bush, Susan, and Hsio-yen Shih, eds. *Early Chinese Texts on Painting*. Cambridge, MA: Harvard University Press, 1985.

Buswell, Robert E. , ed. *Chinese Buddhist Apocrypha*. Honolulu: University of Hawai'i Press, 1990.

Cai Zongqi, ed. *A Chinese Literary Mind : Culture, Creativity, and Rhetoric in* Wenxin diaolong. Stanford, CA: Stanford University Press, 2001.

——. *Configurations of Comparative Poetics : Three Perspectives on Western and Chinese Literary Criticism*. Honolulu: University of Hawai'i Press, 2002.

——. *The Matrix of Lyric Transformation*. Michigan Monographs in Chinese Studies vol. 75. Ann Arbor: Center for Chinese Studies, University of Michigan, 1996.

Chang, Garma Chen-chi. *The Buddhist Teaching of Totality : The Philosophy of Huayen Buddhism*. University Park: Pennsylvania State University Press, 1971.

Chappell, David W. , ed. *Buddhist and Taoist Practice in Medieval Chinese Society*. Honolulu: University of Hawai'i Press, 1987.

Ch'en, Kenneth K. S. *Buddhism in China : A Historical Survey*. Princeton, NJ: Princeton University Press, 1964.

Chen, Mathew Y. "The Primacy of Rhythm in Verse: A Linguistic Perspective. " *Journal of Chinese Linguistics* 8 (1980): 15 – 41.

Chennault, Cynthia L. "Odes on Objects and Patronage during the Southern Qi. " In Kroll and Knechtges, eds. , *Studies in Early Medieval*

Chinese Literature and Cultural History: In Honor of Richard B. Mather and Donald Holzman. 331 – 398.

———. "The Poetry of Hsieh T'iao (A. D. 464 – 499)." PhD. diss., Stanford University, 1979.

Chou Chao-ming. "Hsieh T'iao and the Transformation of Five-character Poetry." PhD. diss., Princeton University, 1986.

Coblin, W. South. "The *Chiehyunn* System and the Current State of Chinese Historical Phonology." *JAOS* 123. 2 (2003): 377 – 383.

Crowell, William G. "Northern Emigrés and the Problems of Census Registration under the Eastern Jin and the Southern Dynasties." In Dien, ed., *State and Society in Early Medieval China.* 171 – 209.

De Woskin, Kenneth. *A Song for One or Two: Music and the Concept of Art in Early China.* Michigan Papers in Chinese Studies no. 42. Ann Arbor: University of Michigan, 1982.

Dien, Albert E. "Civil Service Examinations: Evidence from the Northwest." In Pearce et al., eds., *Culture and Power in the Reconstitution of the Chinese Realm, 200 – 600.* 99 – 124.

———. *Six Dynasties Civilization.* New Haven, CT: Yale University Press, 2007.

———, ed. *State and Society in Early Medieval China.* Stanford, CA: Stanford University Press, 1990.

Dobson, W. A. C. H. "The Origin and Development of Prosody in Early Chinese Poetry." *T'oung Pao* LIV (1968): 231 – 250.

Downer, G. B., and A. C. Graham. "Tonal Patterns in Chinese Poetry." *Bulletin of the School of Oriental and African Studies, University of London* 26. 1 (1963): 145 – 148.

Elvin, Mark. *The Retreat of the Elephants: An Environmental History of China.* New Haven, CT: Yale University Press, 2004.

Finch, Annie. *The Ghost of Meter: Culture and Prosody in American Free Verse.* Ann Arbor: University of Michigan Press, 2000.

Frye, Northrop, ed. *Sound and Prosody.* New York: Columbia University Press, 1967.

Gernet, Jacques. *Buddhism in Chinese Society: An Economic History (5th to 10th c.).* Trans. Franciscus Verellen. New York: Columbia University Press, 1995.

Goh, Meow Hui. "Knowing Sound: Poetry and 'Refinement' in Early Medieval China. " *CLEAR* 31 (2009): 45 – 69.

——. "Tonal Prosody in Three Poems by Wang Rong. " *JAOS* 124. 1 (2004): 59 – 68.

——. "Wang Rong's (467 – 493) Poetics in the Light of the Invention of Tonal Prosody. " PhD. diss. , University of Wisconsin-Madison, 2004.

Gregory, Peter N. , ed. *Sudden and Gradual: Approaches to Enlightenment in Chinese Thought*. Honolulu: University of Hawai'i Press, 1987.

Hawkes, David, trans. *Ch'u Tz'u (The Songs of the South): An Ancient Chinese Anthology*. London: Oxford University Press, 1959.

Holcombe, Charles. *In the Shadow of the Han: Literati Thought and Society at the Beginning of the Southern Dynasties*. Honolulu: University of Hawai'i Press, 1994.

Hucker, Charles O. *A Dictionary of Official Titles in Imperial China*. Stanford, CA: Stanford University Press, 1985.

Kao, Yu-kung, and Tsu-lin Mei. "Meaning, Metaphor, and Allusion in T'ang Poetry. " *HJAS* 38. 2 (1978): 281 – 356.

——. "Syntax, Diction, and Imagery in T'ang Poetry. " *HJAS* 31 (1971): 51 – 136.

——. "Tu Fu's 'Autumn Meditations': An Exercise in Linguistics Criticism. " *HJAS* 28 (1968): 44 – 80.

Kern, Martin. "Western Han Aesthetics and the Genesis of the Fu. " *HJAS* 63. 2 (2003): 383 – 437.

Knechtges, David R. " Culling the Weeds and Selecting Prime Blossoms: The Anthology in Early Medieval China. " In Pearce et al. , eds. , *Culture and Power in the Reconstitution of the Chinese Realm, 200 – 600*. 200 – 241.

——, trans. and ann. *Wen Xuan or Selections of Refined Literature*. Princeton, NJ: Princeton University Press, 1982, 1987, 1996.

Kroll, Paul W. "The Quatrains of Meng Hao-Jan. " *Monumenta Serica* 31 (1974 – 1975): 344 – 374.

——, and David R. Knechtges, eds. *Studies in Early Medieval Chinese Literature and Cultural History: In Honor of Richard B. Mather and Donald Holzman*. Provo, UT: T'ang Studies Society, 2003.

Lai, Whalen. "Beyond the Debate on the 'Immortality of the Soul': Recovering an Essay by Shen Yüeh. "*Oriental Culture* 19. 2 (1981): 138 – 157.

——. "Chou Yung vs. Chang Jung (on Sunyata): The Pen-wu Mo-yu Controversy in Fifth-Century China. " *Journal of the International Association of Buddhist Studies* 1. 2 (1979): 23 – 44.

——. "Emperor Wu of Liang on the Immortal Soul, Shen Pu Mieh. " *JAOS* 101. 2 (1981): 167 – 175.

——. "Further Developments of the Two Truths Theory in China: The Ch'eng-shih Tradition and Chou Yung's San-tsung-lun. "*Philosophy East and West* 30. 2 (1980): 139 – 161.

——. "Sinitic Understanding of the Two Truths Theory in the Liang Dynasty (502 – 557): Ontological Gnosticism in the Thoughts of Prince Chaoming. "*Philosophy East and West* 28. 3 (1978): 339 – 351.

——. "Yung and the Tradition of the Shih. "*Religious Studies* 21 (1986): 181 – 203.

Legge, James, trans. *The Chinese Classics with a Translation, Critical and Exegetical Notes, Prolegomena, and Copious Indexes*. Hong Kong: Hong Kong University Press, 1960.

Li, Wai-Yee. "Between 'Literary Mind' and 'Carving Dragons': Order and Excess in *Wenxin diaolong*. " In Zongqi Cai, ed. , *A Chinese Literary Mind: Culture, Creativity, and Rhetoric in* Wenxin diaolong. 193 – 225.

Lin, Shuen-fu, and Stephen Owen, eds. *The Vitality of the Lyric Voice: Shih Poetry from the Late Han to the T'ang*. Princeton, NJ: Princeton University Press, 1986.

Liu J. Y. James. *Chinese Theories of Literature*. Chicago: University of Chicago Press, 1975.

Liu Shufen. "Jiankang and the Commercial Empire of the Southern Dynasties: Change and Continuity in Medieval Chinese Economic History. " In Pearce et al. , eds. , *Cultural and Power in the Reconstitution of the Chinese Realm, 200 – 600*: 35 – 52.

Loewe, Michael, ed. *Early Chinese Texts: A Bibliographical Guide*. Early China Special Monograph Series no. 2. Berkeley: Society for the Study of Early China and the Institute of East Asian Studies, University of California, 1993.

Lotz, John. "Elements of Versification." In Wimsatt, ed., *Versification: Major Language Types.* 1 - 21.

Lusthaus, Dan. *Buddhist Phenomenology: A Philosophical Investigation of Yogācāra Buddhism and the Ch'eng Wei-shih lun.* London: Rougtledge Curzon, 2002.

Mair, Victor H. "Buddhism and the Rise of the Written Vernacular in East Asia: The Making of National Languages." *JAS* 53. 3 (1994): 707 - 751.

——. *The Columbia History of Chinese Literature.* New York: Columbia University Press, 2001.

——, and Tsu-lin Mei. "The Sanskrit Origins of Recent Style Prosody." *HJAS* 51. 2 (1991): 375 - 470.

Mather, Richard B, trans. and ann. *The Age of Eternal Brilliance: Three Lyric Poets of the Yung-ming Era (483 -493).* Leiden: Brill, 2003.

——. "The Life of the Buddha and the Buddhist Life: Wang Jung's (468 - 493) 'Songs of Religious Joy' (*FA-LE TZ'U*)." *JAOS* 107. 1 (1987): 31 - 38.

——. *The Poet Shen Yüeh (441 - 513): The Reticent Marquis.* Princeton, NJ: Princeton University Press, 1988.

——, trans. *Shih-shuo Hsin-yu: A New Account of Tales of the World.* Ann Arbor: Center for Chinese Studies, University of Michigan, 2002.

——. "Wang Jung's 'Hymns on the Devotee's Entrance into the Pure Life. '" *JAOS* 106. 1 (1986): 79 - 98.

McCraw, David R. "Along the Wutong Trail: The Paulownia in Chinese Poetry. " *CLEAR* 10. 1 (1988): 81 - 107.

Mei Tsu-lin. "Tones and Prosody in Middle Chinese and the Origin of the Rising Tone. " *HJAS* 30 (1970): 86 - 110.

Miao, Ronald C. "Palace-Style Poetry: The Courtly Treatment of Glamour and Love. " In Ronald C. Miao, ed. , *Studies in Chinese Poetry and Poetics.* Vol. 1. San Francisco: Chinese Materials Center, Inc. , 1978. 1 - 42.

Nienhauser, William H. Jr. , ed. *The Indiana Companion to Traditional Chinese Literature.* Rpt. Taipei: SMC Publishing Inc. , 1986.

Norman, Jerry. *Chinese.* Cambridge, Eng. : Cambridge University

Press，1988.

Owen，Stephen. *The Making of Early Chinese Classical Poetry*. Cambridge，MA：Harvard University Asia Center，2006.

——. *Readings in Chinese Literary Thought*. Cambridge，MA：Council on East Asian Studies，Harvard University，1992.

——. *Traditional Chinese Poetry and Poetics*：*Omen of the World*. Madison：University of Wisconsin Press，1985.

Paul，Diana Y. *Philosophy of Mind in the Sixth-Century China*：*Paramartha's Evolution of Consciousness*. Stanford，CA：Stanford University Press，1984.

Pearce，Scott et al.，eds. *Culture and Power in the Reconstitution of the Chinese Realm*，*200 - 600*. Cambridge，MA：Harvard University Asia Center，2001.

Pulleyblank，E. G. *Middle Chinese*：*A Study in Historical Phonology*. Vancouver：University of British Columbia Press，1984.

Rowell，Lewis. *Music and Musical Thought in Early India*. Chicago：University of Chicago Press，1992.

Schaberg，David. *A Patterned Past*：*Form and Thought in Early Chinese Historiography*. Cambridge，MA：Harvard University Asia Center，2001.

Shapiro，Karl，and Robert Beum. *A Prosody Handbook*. New York：Harper & Row，1965.

Shih Chang-qing. *The Two Truths in Chinese Buddhism*. Delhi：Motilal Banarsidass Publishers，2004.

Soothill，W. E.，and L. Hodous. *A Dictionary of Chinese Buddhist Terms*：*With Sanskrit and English Equivalents and a Sanskrit-Pali Index*. London：K. Paul，Trench，Trubner，1937.

Steinbeck，John. *Cannery Row*. New York：Viking Press，1965.

Steinhardt，Nancy Shartzman et al. *Chinese Architecture*. New Haven，CT：Yale University Press，2002.

——. *Chinese Imperial City Planning*. Honolulu：University of Hawai'i Press，1999.

Stewart，Susan. *On Longing*：*Narratives of the Miniature*，*the Gigantic*，*the Souvenir*，*the Collection*. Durham，NC：Duke University Press，1993.

——. *Poetry and the Fate of the Senses*. Chicago: University of Chicago Press, 2002.

Strassberg, Richard E. *Inscribed Landscapes: Travel Writing from Imperial China*. Berkeley: University of California Press, 1993.

Sun Chang, Kang-i. *Six Dynasties Poetry*. Princeton, NJ: Princeton University Press, 1988.

Takakusu Junjirō （高楠顺次郎）. *The Essentials of Buddhist Philosophy*. 3rd ed. Honolulu: Office Appliance Co. , 1956.

Tanaka, Kenneth K. *The Dawn of Chinese Pure Land Buddhist Doctrine*. Albany, NY: SUNY Press, 1990.

Teng Ssu-yü. *Family Instructions for the Yen Clan* （Yen-shih chia-hsün *by Yen Chih-t'ui*）: *An Annotated Translation with Introduction*. Leiden: Brill, 1968.

Tian Xiaofei. *Beacon Fire and Shooting Star: The Literary Culture of the Liang* （*502 – 557*）. Cambridge, MA: Harvard University Asia Center, 2007.

——. "Illusion and Illumination: A New Poetics of Seeing in Liang Dynasty Court Literature. "*HJAS* 65. 1 （2005）: 7 – 56.

——. "Seeing with the Mind's Eye: The Eastern Jin Discourse of Visualization and Imagination. "*Asia Major* 18. 2 （2005）: 67 – 102.

——. *Tao Yuanming and Manuscript Culture: The Record of a Dusty Table*. Seattle: University of Washington Press, 2005.

Trethewey, Natasha. *Native Guard*. Boston: Mariner, 2007.

Tsukamoto, Zenryū. *History of Early Chinese Buddhism: From Its Introduction to the Death of Hui-Yuan*. Trans. Leon Hurvitz. Tokyo: Kodansha, 1985.

Ulving, Tor, ed. *Dictionary of Old and Middle Chinese: Bernhard Karlgren's* Grammata Serica Recensa *Alphabetically Arranged*. Goteborg: Acta Universitatis Gothoburgensis, 1997.

Watson, Burton, trans. *The Complete Works of Chuang-tzu*. New York: Columbia University Press, 1968.

Williams, Miller. *Patterns of Poetry: An Encyclopedia of Forms*. Baton Rouge: Louisiana State University Press, 1986.

Wimsatt, W. K. Jr. *The Verbal Icon: Studies in the Meaning of Poetry*. Lexington: University of Kentucky Press, 1954.

——. *Versification*: *Major Language Types*. New York: Modern Language Association, 1972.

Wu Fusheng. *The Poetics of Decadence*: *Chinese Poetry of the Southern Dynasties and Late Tang Periods*. Albany, NY: SUNY Press, 1998.

Yang Xiaoshan. *Metamorphosis of the Private Sphere*: *Gardens and Objects in Tang-Song Poetry*. Cambridge, MA: Harvard University Asia Center, 2003.

Yu, Pauline. *The Poetry of Wang Wei*: *New Translations and Commentary*. Bloomington: Indiana University Press, 1980.

——. *The Reading of Imagery in the Chinese Poetic Tradition*. Princeton, NJ: Princeton University Press, 1987.

Zhang Hongming. "Shen Yue's Poetic Metrical Theory and His Poem Composition: A Linguistic Perspective." Unpublished.

Zuckerlandl, Victor. *Sound and Symbol*: *Music and the External World*. Trans. Willard R. Trask. New York: Pantheon Books, 1956.

索 引

Z

译后记

　　第一次捧读妙慧老师的《声色》，是在英文原著出版后不久，当时我即将从复旦大学硕士毕业，并已决定前往香港大学继续攻读古典文学的博士学位。今天在书桌前写下这篇"后记"时，距当时的初面已有十年之久。十年间，我从修读博士课程，撰写论文，到旅美、旅日访学，再到获得博士学位并继以博士后的研究和教学，于学业和学术上不断进益、不断成长。然而，令我惊喜的是，虽十年荏苒，近数月以来当我在修订译稿的过程中再度研读原著时，竟收获了与十年前初读之时同样新鲜激动，而且更加沉潜神会的感动。

　　这部译稿从十年前最初的雏形，到今天以成熟丰满的最佳状态与读者见面，自始至终离不开原著作者吴妙慧老师积极的支持与无私的帮助。尤其是近一年来在最后一稿的修订过程里，妙慧老师更是于百忙之中，孜孜不倦地细致审读全稿，提出了许多改进的建议。其间我与妙慧老师往复沟通商榷，甚至就一字一词深究精研，颇得书中所论的"知音"之乐。值此中译本出版之际，我希望向妙慧老师多年以来对我中译工作的信任和支持，与对我学业学术上的启发，以及我们之间温馨的友谊表达我由衷的谢意。此外，这些年来我在学术之路上的求索离不开众多老师前辈的指导和同仁朋友的鼓励，更离不开我的家人始终如一的爱与支持，在此，我亦以此书向他们道一声感谢。

朱梦雯

2021 年 6 月 15 日

写于深圳家中

"海外中国研究丛书"书目